电影文学剧本

真 情 永 远
zhen qing yong yuan

编剧：王 跃

群众出版社
·北 京·

图书在版编目（CIP）数据

真情永远/王跃著．—北京：群众出版社，2017.9
ISBN 978-7-5014-5734-2

Ⅰ.①真… Ⅱ.①王… Ⅲ.①电影文学剧本—中国—当代 Ⅳ.①I235.1

中国版本图书馆 CIP 数据核字（2017）第 206575 号

真情永远
王 跃 编剧

出版发行：	群众出版社
地　　址：	北京市西城区木樨地南里
邮政编码：	100038
经　　销：	新华书店
印　　刷：	北京市泰锐印刷有限责任公司
版　　次：	2017 年 9 月第 1 版
印　　次：	2017 年 9 月第 1 次
印　　张：	9
开　　本：	787 毫米×1092 毫米　1/16
字　　数：	78 千字
书　　号：	ISBN 978-7-5014-5734-2
定　　价：	33.00 元
网　　址：	www.qzcbs.com
电子邮箱：	qzcbs@sohu.com

营销中心电话：010-83903254
读者服务部电话（门市）：010-83903257
警官读者俱乐部电话（网购、邮购）：010-83903253
教材分社电话：010-83903259

本社图书出现印装质量问题，由本社负责退换
版权所有　侵权必究

深入持久地学习谷文昌精神

张全景

王跃同志编撰的电影文学剧本《真情永远》，全面、真实、生动地再现了谷文昌"不带私心干革命，一心一意为人民"的高尚品质和无私奉献的精神。正如毛主席说过的，一个人做一点好事并不难，难的是一辈子做好事，不做坏事。谷文昌就是这样的人，他在东山县工作了 14 年，植树造林战风沙，建水库、修水塘、蓄水灌溉、修海堤、造盐田，改变东山面貌，造福东山人民。心里装着人民的人，人民永远怀念他。他已经去世 35 年了，当地群众说，"看到木麻黄，想起谷文昌"，想起他带领东山人民脱贫致富的功绩。每当祭祖敬宗的节日，总是"先祭谷公，后祭祖宗"。

谷文昌在宁化县工作的几年，也留下了不可磨灭的功绩。"文化大革命"期间，他受到批判和摧残，全家被下放到宁化县赤壁村（现红旗村）当社员，并被告知，三年后取消干部身份，停发工资。他和老伴史英萍经过激烈的思想斗争，终于放下包袱，不改初心，他们说："我们入党时不就是农民吗，不就是为了实现共产主义吗，使全体劳动人民翻身得解放，过上幸福的好日子吗？我们就同这里的群众同唱'兄妹开荒'吧！"谷文昌经过深入了解，找到了当地经济发展落后的原因。帮助农民选用优良品种，改进灌溉方法，组织积肥和合理施肥，推行包工制。一年的工夫，水稻亩产量达800斤。群众高兴地说："谷文昌，谷满仓。"他处处关心群众生活，特别是对困难户给予特别照顾。过节买不起肉的，他给买肉；穿不上新衣服的，他给钱买布做新衣服……1969年县委调他到隆陂水库任总指挥，在当时经济比较困难，派性还很严重的情况下，带领几千名民工上阵谈何容易。他到工地后和广大民工吃住在一起，带头参加劳动，打石头、搬沙运土，特别是当大坝即将合龙时下起了暴雨，他忍着感冒发烧的折磨，坚持和民工一起劳动。别人劝他下去休息时，他说："关键时刻领导在场和不在场不一样。"他还自掏腰包买来熬好的姜糖水，一碗一碗地端给民工御寒。他亲自安排民工生活，要求生产队每月送一头猪为民工改善生活。经过一年的苦斗，克服重重困难，在闽西北修起了第一座中型水库。至今不仅可以抗旱抗洪，而且成为县城的饮用水源，还实现了三级发电，满足了当地群众发展工业、生活等用电。群众怀念谷文昌，在水库旁建了纪念园、"谷公亭"，并且作为教育基地。谷文昌在宁化期间是在逆境中工作的，不仅受到批判斗争，而且从厅局级干部降为平民，但他不计较个人得失，不忘理想信念，不忘为人民服务的宗旨，凸显出共产党人不忘初心的英雄本色。

习近平总书记称赞谷文昌，"在老百姓心中树起了一座不朽的丰碑"，是"四有干部"的典范。谷文昌伟大而不平凡的精神永远值得我们学习。《真情永远》电影即将拍摄，非常及时，为我们学习谷文昌精神提供了一部生动的教材。愿这部电影能够激励更多的党员干部像谷文昌那样，坚定信念，一心为民，敢于担当，为全面建成小康社会，实现伟大的中国梦贡献自己的一份力量。

2016 年 7 月 27 日

注：张全景为原中共中央组织部部长、全国党建研究会名誉会长。此文是他为电影文学剧本《真情永远》所写的前言。

剧中主要人物

谷文昌——水库工地总指挥（下放干部）

高双祥——县委书记、县武装部部长

林忠诚——水库总工程师

仲全德——公社党委书记

陆晓山——水库技术员

韩榕春——铁姑娘队队长

苏长贵——民兵连连长

陈忠仁——村党支部书记

支书夫人——陈忠仁的夫人

张国英——民兵营营长

黄鸿涛——水库技术员

杨总工程师——省水利厅总工程师

许志云——工地医疗站站长（兼广播员）

史英萍——谷文昌的夫人

秀秀——谷文昌的女儿

涌泉——谷文昌的儿子

齐仲景——东山县县长

王叔阳——东山县林业技术员

苗大勇——东山县通讯员

朱福民——边防部队团长

梁春云——东山县渔民

冯海花——东山县渔民

工地民工甲、乙、丙、丁等若干人，东山县村民若干人，部队干部、战士若干人。

一

清晨的薄雾把山村笼罩着,隐约可见早起的山民在晨雾中穿行,炊烟的味道阵阵飘来。农居院内外,鸡在觅食,狗在欢跑,在田边的小路上,几头牛低着头,静静地在四周寻找着草吃,不时甩甩尾巴。

弯弯的、坑洼不平的山间小路上,不时走过去远处山泉挑水的人们,有挑担的,有背桶的,有赶着牛的,有推独轮架子车的,还有老的少的抬着水桶的。这里的老百姓生活在丘林山区,尽管在这个山区里有丰富的各种资源,但宁化山区经济落后是一个严峻的现实,偏巧今年又遇上大旱。

二

逆着挑水的人流走来一个背着竹筐的女孩子【字幕:谷文昌之女秀秀】,女孩(一身半新不旧,略显有点大的衣服,头戴旧毛线编织的红帽子)一边走着一边把地上的牛粪捡进筐里,一边不断地、焦虑地四周张望着,哈了哈手,嘴里嘟囔着:"上哪儿去了?"看着又来了挑水的人们,女孩子赶紧向远处村子的方向走去。

不远处陡峭的山崖上，散落着一些鸟窝，一只山鹰在山谷中盘旋飞翔着，寻觅着食物。突然从崖壁下面，扔上来一只竹筐、一把粪铲和一根竹竿，紧接着一只青筋突鼓的手伸了上来，紧紧抓住崖壁上一棵马尾松，一使劲，一个人探出头来，然后双手抓住小树，奋力地攀了上来。他拍了拍粘在身上的土草屑，抬起头来，一双炯炯有神但略带忧郁的眼睛眺望着四周，只见烟波叠嶂，崖壁遮天，林间鸟鸣——方圆几十里，四周群山环抱，地势险要。

他——就是谷文昌【字幕：下放劳动干部谷文昌】，身着旧军装的他摘下帽子，扇了扇风，露出花白头发，用衣袖擦了擦脸上沁出的汗珠，缓了口气，掏出烟想抽，一抬头看见"山林防火，禁止烟火"的标语牌又赶紧放进衣兜，收拾家伙时自言自语道："真可惜，一筐'肥料'全撒在山下了。"他小心地用左手扶着一棵棵的松树和竹子，右手拄着竹竿，顺着山坡往山道寻去。

谷文昌来到山路上，往两头张望一下，只见一男孩子，赶着牛向山上走来，牛背上一左一右驮着两只大木桶，后面还跟着一头正撒欢跑着的小牛，走近前一看，原来是村里正上中学的青山。

青山："谷伯伯，你好。"

谷文昌："噢，是青山呀，你爷爷的病好点了吗？"

青山低头不语，摇了摇头。

谷文昌："哎，青山呀，你今天怎么没去上学？"

青山："爷爷有病，小妹、小弟也要上学，牛要放，还要去挑水，田里的活也要帮。爹妈说，我是家里的老大，得顶点事。"

谷文昌："不学习怎么行？知识就是力量，搞建设不学习怎么行呢。"（掏兜，拿出一沓钱，把别一张纸条的一部分留下。）"这点钱你先拿去给你爷爷治病。至于上学，我资助你，直到你学业结束，学好毕业了，再回来为老区服务。"

青山："这……这怎么行呢？"

谷文昌："你就拿着吧，快去吧。"把钱塞到青山兜里。

青山含泪深鞠一躬："那我就先挑水去了。"谷文昌看着远去的青山，摇了摇头（秀秀把这一切都看在了眼里，一边拾粪，一边哈了哈手，擦了擦鼻子，背筐远去）。

三

远处小坡上黄牛寻觅着草吃，干涸的溪畔上走过来一男一女两个衣衫褴褛、蓬头垢面的孩子。女孩从筐里拿出一个旧烧酒瓶子喝了两口，男孩子看着咽了咽口水，瞅着女孩说："彩云，让我喝两口行吗？"女孩犹豫了一下，有点不太情愿地边说边递过瓶子，但又不撒手："就喝一小口，这可是我妈从十几里路外挑来的水。""真小气。"男孩子接过瓶子仰脖装作要大喝的样子。女孩紧张得双手举着瓶子，踮起脚跟，瞪大眼睛，好像一撒手，怕男孩子一口把瓶子吞下去似的。男孩喝了两口后放下瓶子。女孩子顺势将瓶子在男孩的衣襟上擦了两下。

男孩："咦，你怎么这样？"

女孩噘着嘴说道："你嘴臭，有大蒜味。"

谷文昌在不远处看到这一幕不禁乐了起来。男孩愣了一下，不好意思地笑起来，挠了挠头，赶起牛往前走去。谷文昌知道，男孩嘴里蒜味浓，肯定平日里是靠野菜拌蒜填腹，为的是节省口粮。他被两个孩子刚才的举动深深震撼了。

四

弯弯的山路上，谷文昌碰到了骑着一辆除铃铛不响哪儿都响的破旧国防牌自行车（脚蹬倒闸车），要去县里开会的公社书记【字幕：公社党委书记仲全德】。

谷文昌："仲书记，您好，这么急急忙忙地去哪儿啊？"

仲全德："去开会啊，（下车）我去县里开会，听说要建水库。"

两个人边走边聊着。

仲全德："老谷啊，上一次你谈起山区如何发展农业生产的思路对我启发很大，但关键是山区太穷了。"

谷文昌："杜甫有一句诗'山荒人民少，地僻日夕佳'，这也是闽西山区的写照，但山区并不意味着贫困和落后，山区的贫穷是可以改变的。正如陶渊明诗曰：'贫富常交战'。"

仲全德："闽西山区虽穷，但日照丰富，年平均气温15-18摄氏度，年降水量在1800mm左右，气候温暖，四季分明。年温差小，而日温差大，小气候复杂，而多样的气候特别适合当地的多种植物和优质农作物的生长，像烟草、药材、茶叶、毛竹什么的。"

谷文昌："利用闽西地区自身优势，可以发展农业、林业、草业，开拓一下视野，把农业生产搞上去，到那个时候，老区人民的日子也就好过了。"

仲全德："单强调僻远、落后、荒凉、贫困是不行的。"

谷文昌："关键是因地制宜地发展生产，还得依靠农业科学技术，我家乡附近的新乡盐碱地里原来寸草不生，北京的农业科技人员学习了毛主席的《实践论》与《矛盾论》后，结合当地农民治理盐碱地的经验与教训，终于探索出一套治理盐碱地的方法，因地制宜，综合开发利用，在盐碱地里种出了好棉花、好庄稼。"

仲全德："记得当时《人民日报》还登载了一篇文章叫作《盐碱地里好庄稼》专门报道了这件事哩。俗话说，靠山吃山，靠水吃水，但我们这里的主要问题就是缺水，建水库是老区人民盼望多年的事。"

谷文昌："太行山区缺水，但我家乡林县人民在毛泽东思想的指导下，与天斗，与地斗，终于建成了红旗渠，改变了穷山恶水的面貌。"

仲全德："自然条件恶劣，农业基础设施薄弱，经济落后，'大跃进'时期的乱砍滥伐加剧了山区自然环境的破坏，使森林植被破坏，水土流失的情况十分严重。这几年里自然灾害连连纷至，形成了山穷、水枯、林衰、土瘦、灾多的恶性循环。"

两人沉默着，低头走了一会儿。

谷文昌："仲书记，抽时间，我想再向您详细汇报一下大积农家肥、合理密植、沤绿肥、提高土地肥力、增加粮食产量的想法。"

仲全德："好！等我开会回来，我们再好好聊一聊，再见。（上车又下车）哎，老谷，你要是能写出个东西来，就更好了，包括上次你谈到的'包工分'的想法。我召集大家听你讲讲，怎么样？"

谷文昌立正，敬礼："遵命！"

仲全德："你呀。"挥挥手，骑车远去。

镜头由近推向远处：【深山峻岭，那群山的高峭险峻；深山僻远渺茫，自然条件恶劣。】

五

谷文昌来到村里，跨过一条污水横溢的土沟，路过房舍显得破烂的村支书陈忠仁的家，竹栅门后面，满院子晾晒的都是白菜、萝卜干、笋丝干，还有车前草、艾叶、薄荷、鱼腥草、鱼干、鼠干等东西。支书夫人在院子里忙碌着。

谷文昌："陈支书在家吗？"

陈忠仁："在。是老谷呀，快请进来呀。"（嗓音高亮）话音未落，一头白发的老支书【字幕：村党支部书记陈忠仁】已到门前。

谷文昌走进了村党支部书记陈忠仁的屋里，环视着四周：阴暗潮湿、凹凸不平的地面，空荡荡的房间，破旧的门窗，古旧的木床……

陈忠仁："来来来，坐坐坐，尝尝我们自己种的烟叶，老伴呀，做点擂茶招待客人吧。"

谷文昌拿出别着纸条的一叠钱："老支书，这是我这个月的党费。"

支书老伴撩起围裙擦擦手，抬头笑了笑就又低头忙活起来，只见她把花生米、绿豆、薏米仁、莲子、粉干放入锅内，加水，并往柴灶里点火猛煮，又拿过两只碗放入蒜末、芝麻、牛角椒末等佐料。在等水煮沸这个工夫，她搬进来一只古铜色陶钵，又拿来一只三尺多长十公分粗的樟木棒（下端刨圆）把择好的艾叶、薄荷、香草、细叶金钱、车前鱼、鱼腥草、斑笋菜、黄花、白菊花等放入钵内，将钵搂在怀中，用木棒使劲旋转，把钵内的各种草叶擂成烂汁，倒入碗内，这时锅内的水已沸腾，支书老伴拿起勺子将煮沸的水冲入碗内，并在两碗内放入木勺，加了点茶油，一股清香之气扑鼻而来，谷文昌不禁先咽了咽口水。

陈忠仁："尝尝，我们客家的擂茶，这茶不但可以当饭，还可以清热解毒、止渴解暑，功效很多呀，是我们客家人不可少的药饮，客家的媳妇都以会做擂茶为荣哩。快趁热喝吧。"

谷文昌尝了一口："哎呀，香甜可口，真香啊，真好吃啊！"看着喝得头上冒汗的谷文昌，听着他的赞美，支书老伴笑了笑，拍拍粘在围裙上的草末，端起箩筐去院内翻晒白薯片和萝卜干去了。谷文昌一连喝了三碗，咂了咂嘴，打了个饱嗝，擦了把汗："这哪儿是喝茶，简直是文化呀。"

陈忠仁笑了："你今天喝的只是擂茶其中的一种做法'青茶'，还有'米茶''香料茶'。我们这儿还有更简单的做法，自家饮用的叫盐茶。抓一把做好的茶末，放入钵内加入油、盐擂烂、擂匀，用开水冲，不但当饮料还用来淘饭，土语道：'茶盐淘饭水不少，焖烂配饭味更佳。'"

谷文昌："《茶经》里说得好：'懂茶之人，必定是精行俭德之人。'我看这懂擂茶之人更是精行俭德之人呀。赶明儿非得让我那口子学会做擂茶不可。"

陈忠仁："哈哈，我们这儿的物产那可是丰富着呢，你刚喝的茶里的牛角椒就是创汇的产品呢。"

谷文昌："咳，守着这么多的好东西，但乡亲们的日子却过得不宽裕啊。老支书，青山又不能上学了。"

两人沉默了，老支书使劲抽了几口烟。

陈忠仁："唉，自己种点烟叶吧，又怕被人说'尾巴长'，酿点酒娘卖吧，又怕说成'歪风'，解放这么多年了，乡亲们还过着'半年瓜菜半年粮，鸡屁股眼里是银行'的苦日子，1200斤稻子换不来一辆凤凰自行车，到现在吃粮还得靠返销，咳……这些年，嘿……捋不直的狐狸毛，说不尽的弯弯理。"边说边使劲敲了敲烟锅。

谷文昌像是在自嘲："农村不搞生产，光喊口号是不行的。还有什么'一天不读问题多，两天不读走下坡，三天不读没法活'。"

陈忠仁："确实是'下坡'，乡亲们的生活走'下坡'……这年头动不动就理论一通，基层党员干部懂多少理论呀？脱节嘛。有些事说得明白，道不清楚。我只懂得政策好一点，老百姓日子好过一点就行了。咳……嘿……说不尽的弯弯理，捋不直的狐狸毛呀。"把烟袋往桌上一扔。谷文昌赶紧换了个话题："'庄稼一枝花，全靠肥当家'，我已向仲书记建议大搞绿肥，广积农家肥，合理密植，还可以试着'包工分'的干法。先把粮食单产提上去，'手中有粮，心中不慌'嘛。"

陈忠仁："老谷，你说得对，如公社同意，我们村就先干起来。但是，我们这里'三寒'是个大问题。"

谷文昌："哪'三寒'？"

陈忠仁："双季早稻播种时的倒春寒、早稻孕穗期的五月寒和双季晚稻抽穗扬花的秋寒。"

谷文昌："没关系，咱们请教农业技术人员，到时候咱们一起干。"看了看手表："哎呀不早了，我得赶紧回家了，都出来一天了。"

六

吉普车疾驶而来，急刹车，车上下来身着军装的县委书记【字幕：县委书记，县武装部部长高双祥】。高书记是典型的山东大汉，往那儿一站，半截塔似的，双目炯炯有神。高双祥和省里来的一位女总工程师及一位干部模样的人急走进会议室。

【宁化县委会议室】

高双祥："都来齐了吗？"

工作人员："都到了。"

县委书记高双祥居中而坐，会议室墙上正中挂着毛主席像，两侧各摆一面五星红旗。两侧墙上，一侧墙上挂着中国地图和世界地图，另一侧墙上挂着宁化县地图和隆陂水库示意图（蓝图）。

高双祥："同志们，在多年勘测的基础上，为彻底解决山区百姓生产和人畜饮水的问题，经党中央和省里正式批准，决定在隆陂修建闽西最大的一座水库，一期工程总投资450万元左右，中央投资220万元，其余的省、地、县解决。待二期引水等配套工程竣工后，总投资约600万元左右，国家投资占一半呀。"在座的一起鼓起掌来。

高双祥:"这是以毛主席为首的党中央对苏区人民的关怀,现在请省里的杨总工程师介绍工程有关情况,大家欢迎。"

掌声后,杨总工程师拿起讲解稿:"隆陂水库拟建成库容约 1750 万立方米,建成后的大坝顶海拔 431 米,坝底高 401 米,集雨面积约 35 平方公里,动用土石方约 120 万立方米,水泥 1500 多吨,钢材 185 多吨,木材 1300 多立方米,拟搬迁近百户村民,初步计算,工程高峰时最多需征用民工约 5000 人,约 230 万个工日,工期三年。水库建成后,山区流域内两个公社 1.5 万到 1.8 万亩土地的灌溉和群众的生活用水的问题,可以从根本上得到解决;而且可以缓解山区的旱情,也可以对县城防洪起到关键性的作用;还可以发电,对宁化县的农业生产产生极大经济效益。这是一项功在当代,利在千秋的利民工程。工程投资一到位,省里要求工程必须立即动工兴建。"

"我们一定要保证工程质量,早日建成水库,早见效益,争取灌区田产跨'纲要'和亩产超千斤。"高双祥站起身来环视四周:"时间不等人呀,我们宁化向来有服从命令听指挥的传统,宁化人民从来都有从军上战场的光荣传统。当年文天祥起兵抗元,客家儿女随军出战闽粤各地。"停顿了一下，看了看正在议论纷纷的众人，说道："好家伙，这5000多名民工相当于当年由闽西子弟组建的我红军三十四师呀。各公社要无条件征调最好的民兵参战，以民兵营连为建制，由县委和人武部负责；县财经组负责把钱管好，用好每一分钱，好钢用在刀刃上，建设资金上出问题就是犯罪；县民政局、公安局要在两个月内，分别做好搬迁、安置问题；'兵马未动粮草先行'，粮食局长必须保证这几千人吃好；卫生局、县医院抽调医疗队上工地；物资局调配好各类建设物资，要按时到位。"

各部门领导都在低头记录，高双祥落座后："一定要把工作考虑得周全一些。"

高双祥转头对县委办公室主任说道："你牵头制订工程实施计划，一周内交县委讨论。"

看到大家惊讶的目光，高双祥："我知道大家都有困难，但没有困难要我们这些人干嘛？切记，多和县水利局的工程技术人员、专家交流，县水利局全力做好施工准备，一定要把精兵强将派到现场，并把近几年水文气象资料找出来送县委。县委成立总指挥部由我负总责，你们几位都是副指挥。"又指着在座的县委、县革委的负责人说道："现在主要问题是要选派一位同志担任水库施工现场总指挥，请大家谈谈吧。"

大家交头接耳，半晌也没提出一个人选，这时仲全德写了张纸条传递给高双祥，上写道："下放到我公社的干部省林业厅副厅长谷文昌，是否可以？"

高双祥："大家静一下，有同志提议要原省林业厅副厅长谷文昌出任总指挥，此人现在我县下放劳动。"

省里来的那位干部模样的人说道："这合适吗？一个下放劳动的人，政治上靠得住吗？再说，他懂水利建设吗？高书记，这事一定要慎重，难道县里就选不出一个现场总指挥吗？"

高双祥问："老仲，这个人在你们公社表现如何？"

仲全德答道："谷文昌一到公社就主动向党组织汇报思想，参加支部生活，主动交纳党费，积极参加集体生产劳动，帮助队、公社做了不少工作，出了不少主意，光义务积肥一项就有几千斤哩，腿不闲，口不闲，手不闲，这个人来我们这儿没发现什么问题。"

一席话后，大家议论纷纷，一直在一旁观察会议沉默不语的杨总工程师道："我看谷文昌同志可以胜任，农业和水利向来是密不可分的，再说，多年前他在东山县就搞过水利工程，而工程质量、效益都很好。"

高双祥："噢，他搞过水利工程，怎么回事？请你详细谈谈。"

杨总工程师说道："那是50年代，他在东山任县委书记，东山是个海岛县……"

七

【闪回　东山岛八尺门海峡】旁白：

1948年秋季的一天，九位渔家妇女为生活所迫，租船离岛到内陆去砍柴火，不幸遭遇风浪全部遇难。因遇难者中还有一位孕妇，这一惨剧"九尸十命"：翻滚的海浪、倾覆的渔船、落水者的哀号……

八

一身旧军装、风华正茂的谷文昌领着几个人站在大海边上勘察着并思考着，看到几位等着过海的乡亲，急上前嘘寒问暖，蹲下和一位老翁聊起天来。谷文昌向老人询问着什么，比画着什么，他熟练地卷起一支喇叭烟递给老人家，老人感激地接过来，深吸一口，用手指指翻滚的海涛，露出极度期望的目光，但又摇了摇头，这时渡船来了，谷文昌搀扶着老人走上船，目送着渡船在大海中颠簸远去。

忽然，他看见不远处有一渔船，忙带上通讯员跑了过去，说服了船公带他们出海继续勘察。由于船在波涛中来回摇摆，他和通讯员都晕船了，吐得一塌糊涂，船公急忙使劲把船摇回岸边。两人上岸后喘息未定，谷文昌擦了擦嘴，看着海浪："娘哎，真厉害，大勇【字幕：东山县通讯员苗大勇】，通知部队朱团长和县委的同志开联席会。"

【东山县委会议室】县委、县政府的负责同志和部队团长朱福民都在坐。

谷文昌："为了东山县人民的幸福，县委决定，由齐县长任总指挥，修建连接到大陆的海堤，使天堑变通途，现在请齐县长介绍情况。"

齐仲景【字幕：县长齐仲景】指着一张图纸讲解道："海堤设计长569米，水最深处10.9米，两端外延长各1000米，经初步计算约需投入各种工日约100万个。动用土、石、沙料近50万立方米，总投资约200万元。"讲到这儿齐县长和主持会议的谷文昌对视一下，又讲道："困难是很大的，任务也很艰巨，关键是钱的问题。"会议室一片议论的嗡嗡声。

谷文昌站起身，压了压手："困难是很大，但修堤对扩大与内地联系，加强战备，巩固海防有着重大意义。在修堤的同时还要沿堤修水槽，引内陆淡水入岛，彻底解决人畜饮水和灌溉用水的问题。这样就可借海堤大搞渔业养殖，围垦盐田，发展生产，让人民过好日子。"

一位同志说:"修堤是岛上民众盼望已久的事,劳动力不成问题。但资金怎么办,县里的家底你们两位是清楚的。"

谷文昌:"如无不同意见那这事就决定下来,上报地委、行署和省里。老齐负责筹备开工,至于钱的问题我去求人。"说着笑了起来,扭头对朱福民团长说:"咱是一家人,施工时得请部队多出力哟。"

朱福民【字幕:边防团长朱福民】站起来答道:"请县委下命令,驻岛部队全体指战员全力支援海堤建设。"

谷文昌:"好!有部队支持,工程就更好办了。"

齐仲景:"相邻对岸的两个县,听说要修堤,也都表示愿意从人力、物力等方面大力支持。"谷文昌和齐县长激动地同朱团长握手。

【场景】

谷文昌手提文件袋跑进行署、省政府、财政厅、水利厅机关大门的情景;各部门盖章和热情送他出门握手的情景;渴了拿过军用水壶喝几口,饿了啃上几口自带的干粮的情景。拿着盖着一串大印的批文,谷文昌咧开嘴欣慰地笑了。

九

　　震天撼海的号子声，谷文昌带头打石头的叮当声，一船船土方、沙子、石料往海里倒的扑通声和渔歌，战士嘹亮的军歌声，广播里传来的《我们走在大路上》的合唱声，各种声音交织在一起，只见渔妇、渔公、阿婆、战士、学生、机关干部来往如梭。老翁也挑着土行进在浩浩荡荡的队伍中。整个工地红旗招展，人声鼎沸。军民奋力谱写了一曲战天斗海的壮歌。

　　一条美丽而蔚为壮观的长堤展现在人民的眼前，内地清水通过引水槽流进了东山岛，天堑变通途，东山岛的群众扶老携幼来到大堤上欢呼，热泪盈眶的老翁握着谷文昌、齐仲景和朱福民的手使劲地摇着，摇着……

十

【闪回　宁化县委会议室】

　　高双祥："听说谷文昌同志下放以来他做了大量的调查研究，又是一位有多年县级丰富工作经验的老同志，原则性强，实事求是，工作中有威信，要建好闽西第一座大水库又是一场硬仗、恶仗，需要这样一个人来出任前线总指挥。"

干部模样的人："在用人上千万不能出问题呀，出了问题怎么办？是不是再慎重研究研究，要不先以负责人的名义工作。"

高双祥："名不正言不顺，言不顺事不成；人无完人，金无足赤；疑人不用，用人不疑。前线总指挥是建好水库的关键，我们就这样定了，出了问题由我负责。老仲通知谷文昌同志赶快到县里来谈话。"

十一

【下放干部驻地】

院内房东的几个孩子在跳皮筋。

边跳边唱：小皮球，香蕉梨，马兰开花二十一，二八二五六，二八二五七，三八三九四十一……

史英萍【字幕：下放劳动干部、谷文昌夫人】围着一件旧围裙，正在锅台边忙活着。她打了几个鸡蛋加水搅拌匀，准备蒸鸡蛋羹，手和着一盘杂粉面，脚还往灶膛里踢了一下柴火，在锅边贴上饼子。锅中间架一个竹编盖屉，热上几块红薯，贴好饼子，放好拌匀的鸡蛋，盖上锅盖，在围裙上擦了擦手，蹲在灶前，猛加柴火。一会儿满屋飘起饼子的香味——火光映照着她略显疲惫的脸。蒸汽、雾气在灶前灶后弥漫开来。史英萍若有所思。

屋内：几件房东的富有地方特色的旧家具，墙上贴着毛主席像和毛主席语录，几张样板戏的宣传画。桌上放着一盏灯，书桌（类似八仙桌）上整齐摆放着《毛泽东选集》《新民主主义论》《在延安文艺座谈会上的讲话》《关于正确处理人民内部矛盾的问题》《在中国共产党全国宣传工作会议上的讲话》合订袖珍本、《毛主席语录》《论十大关系》单行本、毛主席五篇哲学著作、《共产党宣言》《毛主席诗词》《农村医生手册》《土壤学》《植保学》、唐诗宋词等，毛笔、烟缸、笔记本等摆放整齐。一个东山保卫战纪念杯、军用挎包挂在墙上，墙上贴着自写书法：淡泊以明志，宁静以致远。墙柜上放了几个大纸包，不知是什么。几盆盛开的漳州水仙花使屋内充满了生机。

谷文昌回到家见妻正忙做饭，忙"讨好"："真累呀，英萍同志，你辛苦了，（学河南剧腔）我向你致以老兵的敬礼。"

史英萍从沉思中缓过神来，抬头起身，捶了捶发酸的腰，看看他，笑了笑，伸手指了指灶："别耍贫嘴，干活，你不知道这家难当呀。"

谷文昌："是啊，当家难，当家难，夫人当家就不难啊。"一边回应着,一边赶紧蹲下身,往灶膛里添柴。

史英萍顺手递过一个小竹板凳:"别蹲着,你的腿不好。"

谷文昌一边道谢,一边赶紧接过烧火的事。透过火光、蒸汽,谷文昌回想起和仲书记的谈话,有点心不在焉。

史英萍靠在门框上,歪着头,看着沉思中的谷文昌,【内心独白】:"知夫莫如妻。看他那双手紧扣,托下巴而微微颤抖的侧脸,若有所思的样子,肯定是又遇到了什么烦心事。咳,都是这场运动……哎……他忍辱负重,委屈了自己,但为了圆为百姓造福的梦,他什么都能忍,唉……运动……那句话怎么说来着,'鞠躬尽瘁,死而后已',是共产党员应该做到的,但下放这里,他的痛苦,他的忧虑,他的伤感在强烈的自我克制中又隐藏在心底,几乎无人察觉,只有我对他这个忠厚、诚实、善良的兄长、丈夫才能有所感悟,也许这就是特殊的夫妻共鸣吧。他有时在家中偶然失控的情绪也只是一种内心极度压抑的宣泄,从他沉郁的声音中才能听到他内心的痛苦,在这时能够让他推心置腹、袒露内心苦恼的只有我一人,但对这场运动我们又无法相互倾诉衷肠。唉……自古人生谁满意呀,这运动什么时候才到头呀。"

谷文昌来到柜前,搬过纸包打开,原来是一堆,长短不齐的卷烟，他拿起小剪刀把它剪成标准节的香烟。

秀秀："妈。"一声喊叫把夫妇俩从沉思中唤醒过来。女儿气哼哼的，冻得满脸通红地回家来了，把背筐一扔，她好像有什么事压在心里，从脸上看好像谁惹着她了。一进来就坐在小桌旁，两肘搁在大腿上，两手捂着脸。

史英萍心疼地捧起秀秀的脸问道："怎么了？"

秀秀没正面回应："妈，这鬼地方冻死人了，我手都冻得裂口子了，你给我换双新手套吧，你看我这双破手套。"母亲轻轻抚摸女儿的手没说出一句话，深情地看着孩子，眼中不禁溢出泪水。

半天没说话的谷文昌："孩子回来了，咱们吃饭吧。"稍停又说："要能用，就补补凑合着用吧。"

秀秀愤愤不平地喊道："你把钱都给了青山也不给我买。"委屈地哭了起来。

谷文昌摸摸孩子的手，学着电影《列宁在1918》瓦西里的腔调："面包会有的，牛奶也会有的。"见女儿还在抽泣，就又学豫剧唱腔《红灯记》"穷人孩子早当家"一段，只是稍变动一下词："提筐外出拾粪渣，挑水捡柴帮妈妈，里里外外一把手，谷家孩子早当家。"

女儿停止了抽泣，接过妈递过来的毛巾，擦了擦眼泪说道："爸爸，你来这里忙前忙后，能不能给仲书记说说，让我去公社机关广播站帮着干一点事。"

谷文昌沉思半晌又像对孩子，又像自言自语："你让我说什么呢？你想让我怎么说？我又能说什么？"脸上露出不快但又不愿正视女儿乞求的目光。

沉默一会儿秀秀依旧说："早知道会这样，你帮这帮那，来到这鬼地方，腿不闲，手不闲，嘴不闲，帮公社出主意、想办法，搞得我和妈妈也和你一起天天去捡粪渣积肥，你知道有的一同下放的叔叔阿姨说你什么吗？"

谷文昌："说什么？"提高声音："闹了半天，原来你觉得跟爸爸到这儿来受委屈了？"

史英萍："别急嘛，都说什么了。"

吭哧了好一会儿，秀秀蚊子似的声音说："在其位谋其政，不在其位就另有图谋了，老谷有心机呀，羊群里的骆驼就他高呀。"抬起头又说："枪打出头鸟，他那条腿可能好点了。"

谷文昌一拍桌子嚷道："好了。"

史英萍："你冲孩子急什么，孩子听到这些心里当然不好受了。"

秀秀低头又抽泣起来。一家人沉默了，屋里静得出奇，只有灶膛柴火噼啪声和蒸锅的嘶嘶声。半晌谷文昌起身，深情地对母女二人说："你们跟我受苦了，不错，我是下放这儿劳动的，但我和你妈还都是共产党员，所以无论什么情况，无论到哪儿，为百姓力所能及干点实事的责任不能忘。爸爸到这儿经过和当地干部群众聊天了解到：宁化是一个老革命根据地，为谋求劳苦大众的解放，夺取中国革命的成功，宁化全县参加红军的有13700多人，有名可考的烈士达3300多人。十个宁化人里就有一个人参加红军，每十户就有一户是军属。在惨烈的湘江战役中，由大部分宁化人组成的红三十四师为掩护党中央、中央军委和主力部队渡过湘江，承担了最为艰巨的后卫任务，他们处境最艰险、打得最艰苦、牺牲最大。全师5000多名闽西子弟，一半以上是宁化人，他们的鲜血染红了湘江，是湘江战役唯一一支整师牺牲的部队。新中国成立时，活着的宁化籍红军仅有28人，宁化人民为夺取中国革命的胜利做出了巨大的牺牲，立下了不可磨灭的功勋。

宁化是坚持革命最久，最后失陷的中央苏区重点县。中央红军主力北上后，国民党反动派卷土重来，对宁化人民进行了血腥镇压。

在中央红军长征前最为艰难的岁月里，宁化人民把最优秀的青壮年送去当红军，把最好的粮食运到前线去，把口袋里的钱毫无保留地拿出来支援革命，为保证红军供给，支援反'围剿'，源源不断地为中央红军和苏维埃政府输送大量的兵源、能源、粮源等有力的后勤保障，每年为中央红军和苏维埃政府提供'千担棉、万担粮'，使宁化成为中央苏维埃政府唯一认定的中央苏区的'乌克兰'。

但新中国成立后老区人民生活依然艰苦贫困，那天我去青山家，他家一张破竹床，几条破棉絮，一顶补了又补的破蚊帐，据说红军走后至今就没换过。能为老区做点事难道不应该吗？"

说到这儿他抑制不住激动，站起身，激动地挥挥手："干事就得无私，我问心无愧，何况我是一名共产党员。原来我在东山就这么干，现在还是外甥打灯笼'照旧'。"

史英萍赶紧递过水杯，谷文昌喝了一口，平复了一下心情。

秀秀怯生生地说道："爸爸我惹你生气了。"

谷文昌煞有介事地说道："没有呀。夫人呀，看咱家缸满了没有？要是满了，明天就不用挑水了。"

史英萍嗔怪道："好了，好了，闹够了吧。我不但伺候你们爷俩吃饭，还得陪着听党课。"

哈哈哈，一家人笑起来，史英萍端上来自家腌的萝卜干等咸菜，又揭开锅，端上热腾腾、黄澄澄的贴饼子、红薯等。父亲疼爱的往女儿碗里盛了两大勺鸡蛋羹，女儿忙着给父母盛粥。

这时，公社通讯员推门进来。

通讯员："老谷，仲书记自县上来电话，通知你赶到县委，县领导要找你谈话。""什么事呢？"谷文昌问道。"不清楚，电话里没说。"通讯员转身走了。一家三口对视了一下，谷文昌沉思着。

十二

几天后，县委会议室、县委各部门负责同志均在场。高双祥向谷文昌介绍了几位工程副总指挥，其中文静儒雅的林忠诚【字幕：水利专家，水库工程副总指挥林忠诚】是工程技术人员。

高双祥："文昌同志，你这个现场总指挥既要保证工程质量，还要保证安全不出任何事故，水库建成后要如期投入使用。你放开手脚大胆干，县委给你做后盾，有什么困难可以直接找我。文昌同志，你们大家还有什么要说的？"大家都看着老谷。

谷文昌："我表个态，同志们，县委和县革委对水库工程建设非常重视，对在座的各位寄予厚望，高书记高瞻远瞩地阐述了水库建设对于发展老区建设事业和改善老区人民生活的极端重要性，并对工程提出了具体要求。我作为分管这项工程的现场负责人，一定认真执行县委的决定和书记的指示，尽心竭力地做好有关工作，紧紧地依靠党组织和集体的力量；依靠工程技术人员；依靠全体参建的几千名民兵，为大家的学习、生活和施工创造必要的条件。我相信在县委的正确领导下，通过包括在座和全体参战民兵的共同努力，我们的水库就一定会早日建成，成为闽西山区一颗璀璨的明珠。"

高双祥："当年文天祥起兵抗元，客家儿女纷纷从军，'男执干戈女甲裳，八千子弟走勤王'，转战于闽粤各地。洪秀全领导的太平天国也是以客家人为基本队伍。再说当年咱红军三十四师也是主要由宁化子弟组成，血战湘江可歌可泣啊。现在要组织近5000名民工修水库，这也是一场战役，你们的担子不轻呀，我等着你们的好消息。在座同志们务必要全力支持文昌同志和工地的工作。"

高双祥逐一和水库指挥部组成人员握手告别，在和林忠诚握手时还特别拍了拍他的肩膀："林总工程师，这次你和老谷搭伙计，工程技术上你负总责。"

林忠诚："没问题，请总指挥多多帮助我，我一定当好参谋和助手。"林忠诚紧紧攥住谷文昌的手握了几下。

高书记向谷文昌介绍道："忠诚同志是泉州人，祖上是大户人家，书香门第，他本人是名牌大学土木系毕业生，是难得的技术专家。"

林忠诚："见笑、见笑，一介穷书生而已。"林忠诚谦恭地笑着回应。

　　谷文昌："泉州可是有名的侨乡，古代是海上'丝绸之路'始发港，中国的茶叶、陶瓷、丝绸和珍珠等货物就是从泉州运往世界各地的呀。泉州有著名的开元寺，中国最早的伊斯兰清真寺，还有名扬于世的提线木偶戏。"林忠诚插话道："我家离开元寺不远，提线木偶我也会耍两下子。"

　　谷文昌："泉州还是南少林武术的发源地，和我的家乡嵩山少林，南北呼应。当然，泉州也是重要的海防前线。我在林业厅工作时去过泉州，遗憾的是，由于时间紧，未来得及好好转转。待以后有机会，请林工程师当向导，咱们一起走走。眼下，还要请忠诚多多支持我的工作。"老谷热情地握住忠诚的双手凝视着对方。

　　高双祥拍着两人的肩膀："祝你们团结一心，马到成功。"

十三

　　就要去水库工地了，望着来送行的老伴，谷文昌与史英萍相互深情地许久注视着。

　　史英萍："要注意身体，青山他爷爷的事我记着呢，你放心吧。"

谷文昌看着她（内心独白）："跟着我辛苦了大半辈子，也没享过几天福，唉……"（镜头：史英萍灰白的鬓发，充血的双眼，年纪不大却已微驼的背）谷文昌抬起手本想拍拍她的肩膀，但又放下，笑了一下，拿起行李大步向前走去，史英萍眼含泪水望着他远去的背影。

十四

山坡上一座破旧不堪、阴暗潮湿的祠堂内，四周的墙壁斑驳发黄，两侧柱子上的字大都模糊不清，左侧柱子只有四个楷书大字"格物致知"略显清晰。

一个年轻人抬着行李从外面走了进来。

【字幕：水库技术员黄鸿涛】

黄鸿涛看着柱子上的字："格物致知……这是什么意思？"

林忠诚抱着一摞书进来随口解释道："古代人把明德至善、修齐治平的圣贤之道总结为'格物致知'。按宋代大儒朱熹的解释就是穷究事物的道理，致使知性通达至极。"黄鸿涛似懂非懂地点头，林忠诚笑了一下又忙着出来搬东西了。

指挥部的工程技术人员各自相互帮着把行李、箱子、技术资料框、书捆、坛坛罐罐等杂物搬进来。林忠诚左右手各抱一个花盆又走了进来，环视四周，似乎是在找安置花盆的合适地方。

许志云【字幕：水库工地医疗站站长许志云】："林工程师，您抱的什么花呀？"

林忠诚"兰花。"边答边小心翼翼地把花盆安置靠窗一台架上。黄鸿涛"讨好"般地说道："林总，以后我每天帮您浇花"。林忠诚："别，可别，我自己来，兰花古有'秋不干，冬不湿'之说，浇水要根据季节、天气、盆口大小和气温而定，'不干不浇，浇就浇透'。而且施肥也十分讲究，还要注意通风，避免阳光直射。你要是天天帮我浇，那这兰花就到不了开花那一天了。"林忠诚耐心又有点自夸的神情回应了小黄。

黄鸿涛："妈呀，真讲究，不愧是总工程师。"

许志云调侃着，众人笑着看着那两盆花。

边干活，边擦汗的黄鸿涛抬起头环顾这客家建筑风格的祠堂转头向谷文昌道："据老人们讲，我们客家人是从中原黄河流域一带迁徙而来的，说不定祖上跟总指挥是老乡呢。"大伙笑了起来。谷文昌点燃一支卷烟笑着说："是呀，据说古代黄河流域长期战乱、自然灾害不断，又经过永嘉之乱、安史之乱、靖康之乱，人民生活苦不堪言。由于北方战乱频繁，土地荒芜，民不聊生，所以才出现了三次大规模的举家举族的南迁移民。据考证，来到闽西一带的移民是翻越武夷山脉进入福建汀州一带的。由于这里地处大山深处，地广人稀，他们便在这片土地扎下根来。中原人讲中庸之道，他们来到这里和当地老百姓和平共处、共同建设家园。"谷文昌喝了口水，喘了口气继续说道："从那以后，基本形成了以中原文化为主的汉民族族群，他们以北方官话为共同语言，崇尚汉族儒学礼仪，基本形成一个北方民系族群，这就是客家人。刚才小黄说和我是老乡，一点没错，老乡见老乡，两眼泪汪汪呀。"谷文昌笑起来。

林忠诚："听总指挥一席话，胜读十年书呀，还未开工，总指挥就给大家讲了一通历史。"忠诚调侃味浓，大家气氛活跃。"待工闲时，请总指挥多讲讲古，好不好？"

众人："好。"众人笑成一片，东倒西歪。

谷文昌："好，现在开会。"谷文昌拍拍手上的尘土和林忠诚先落座在吱吱作响的竹凳上。大家席地而坐，散落在各个角落，（一条旧案几上放着一部老式电话机）谷文昌给指挥部各部门分工。

谷文昌环顾着祠堂四周，摸着供台上一尊鼎，像是自言自语又像是对大家说："在古代，鼎代表着地位和尊贵，后来老百姓把他视为诚信与吉祥的象征。"接着对林忠诚说道："你们客家人除信奉传统的佛教、道教外，还有从西洋输入的天主教和基督教。此外，客家人还崇拜祖先，所以，寺庙、祠堂也就多，当然也有不少的'龙王庙''土地庙'和'城隍庙'，但这些建筑物都少不了被称为'四灵'的龙、麟、凤、龟。是不是呀？"林忠诚点了点头。谷文昌转过身感叹道："无论是庙还是祠堂都是中国农民的感情寄托和精神支柱……客家习惯的贡品有苦瓜、丝瓜、茄子等。苦瓜保佑大家，丝瓜保佑全家，茄子保护老婆。"众人笑了起来。

谷文昌拿出一沓稿纸，给大家逐一分工："老林的技术部组织好施工，准备好资料，各个营连进驻后，先技术交底；许大夫，你负责建好工地医疗站，特别要注意防蚊、防毒蛇和防传染病的发生，工地广播站也由医疗站负责；仲书记你负责建食堂，'兵马未动，粮草先行'，给你个看守大军草料场的官，要尽最大努力让几千口人吃好，每个月各食堂要杀一口猪，可依山多养些鸡、牛、羊，漳州的斗鸡肉好，可多养一些；工地年轻人多，陈副指挥，政治部要办好广播、黑板报，多宣传好人好事，多放些电影，丰富大家的业余生活，逢年过节按当地客家风俗，文体活动要多搞一些；张营长【字幕：民兵营营长张国英】你负责搭建工棚，工地上这么多人吃喝拉撒是个大问题。要把厕所建好，这么多人总得让大家有出恭的地方吧。"众笑。

谷文昌："大家还有什么意见？没意见那就分头动起

来吧。军无戏言，到时我们可是要检查评比呦。"

张国英问道："给几天时间呀？"

谷文昌笑着，没直接回答伸一只手。

张国英："啊，就给五天呀，困难太大了，这可不是气吹起来的。"大家议论纷纷。

许志云："客家人有爱洗澡的习惯，劳累一天，总得洗洗涮涮的，特别咱这队伍里近一半的是娘子军，要把洗澡的问题考虑周到。"

谷文昌站起来："没困难要我们这些人干什么？县委已决定各路大军19号进场，到时没完成准备工作拿我是问。"

众人看着仲书记，仲全德指着张营长等众人："还得拿你们是问，还愣着干吗，干活去吧。"

张国英吐了吐舌头，嘟囔着："我的妈呀，只给五天，五天呀。"反复翻着自己的手，拼命瞅着这只手。

十五

伴着山歌号子、音曲（浓浓的客家曲牌）和山谷中砍竹子、树的声音，张营长带领民兵已经搭建起几座工棚架子。韩榕春【字幕：铁姑娘队队长韩榕春】身着客家人特有的装束，上衣外扎着一件上小、下摆大梯形的蓝色洋布围裙，围裙上绣着一朵山茶花。扎着两条小辫，鹅蛋脸型，大而细长的眼睛，亮晶晶的，透着灵气，弯睫毛向上翘着，皮肤晶莹剔透，如凝脂一般，整个人显得娇小清秀，阳光透过竹林照射在她的身上，更突显出动人心魄的魅力。苏长贵【字幕：民兵连连长苏长贵】远远的，痴情地看着劳作着的韩榕春，张营长过来拍了他肩膀一下，长贵如梦初醒，又奋力地砍着竹子。榕春率领铁姑娘队的姑娘们一人扛着一根大毛竹吃力地走着，满脸都是汗。谷文昌手拄竹竿，也扛一块木板随着队伍慢慢走着。张营长要帮他一把，他挥挥手，指指前面的林忠诚要张营长去帮他一把，营长顺势接过林忠诚的木头，越过众人奋力向前走，林忠诚擦擦眼镜，抹抹汗水，急忙来帮谷文昌。一块平地上红十字的招牌竖立起来，十分醒目，几个电工在拉电线、竖杆和安装喇叭。仲书记指挥着粮草正在上山途中，车上竹笼中的鸡鸭扑腾着，一些架子车上绑着几头还在哼哼的大肥猪，老支书陈忠仁也在队伍中。许医生正在指导一些民工给工棚和厕所周边喷撒石灰和药粉类的东西。一条条标语也竖立起来，"自力更生，艰苦奋斗，建好水库""农业学大寨，水利是命脉""百年大计，质量第一"。

十六

音乐声中各路民工赶赴工地的路途中。

四面八方汇集的民兵（工），虽没有整齐的队伍，但一眼望去，浩浩荡荡，声势浩大，就像一条强劲的蛟龙，蜿蜒翻滚而来。挑担子的，推地排子车的，扛锅灶的，赶着牛车的，推着自行车的。大家呼唤着，挽扶着，嬉笑着，打闹着，催促着，汇成一股洪流，发出震天撼地的声响，向水库工地开进着。谷文昌摘下帽子，站在山坡上，望着这番景象，沉吟不语，但他内心激情起伏。他默默地看着行进的队伍，不禁回想起战争年代，几十万民工为支援解放战争推车挑担，送军粮、弹药、服装，随大军南征北战的壮观情景，他的眼睛湿润了，心里说："没有百姓，我们什么也干不成。"（这句心声在山间回响着）

十七

【镜头由近向远推去】众人喊着号子，热火朝天打夯劳动的场景。谷文昌率指挥部组成人员挤在打夯人群中，张营长嘹亮高亢的长腔声（喔—喂——）在山谷中引起悠长的回响，韩榕春高亢自由的拖长音（喔—喂——）在大山深处。群岭之间更引起阵阵的回响，（山歌调做劳动号子，男女各唱一句后众人：喔—喂——）

女：你不会唱歌（哟）不要（个）声，等你妹妹（呵）唱给你听（啰），捱一日唱得千百支（哟），没见你哥哥接句声（啰）。

众人：喔—喂——

男：你哇捱介歌捱有歌，楼上藏起三五箩，老鼠咬开一个眼哎，一走来了三千多。

众人：喔—喂——

女：你有山歌介好声音，你有好酒介好缸。你昨日食来炒鸭子哎，今日唱出鸭公声。

众人：喔—喂——

男：唱歌（咧）不要好声，只要四句分得明。恋妹不要人才好呀，只要两人同得心。

众人：喔—喂——

女：你要（哇）唱歌就来唱，两人调起声音来，唱得鸭毛沉水痕呀，唱得沙子浮起来。

众人：喔—喂——

男：你要（哇）唱歌就来唱，唱到日头对月光，唱到麒麟对狮子呀，唱到你老妹想情郎。

众人：喔—喂——

十八

【场景】：各部门分别准备药品、蔬菜（生姜等）、猪肉、粮食等。

谷文昌："有的同志想把积累问题一下都解决，但时机不成熟就解决，不但疙瘩解不开，反而增加矛盾，更成了'死疙瘩'。所以要循序渐进，也就是说饭要一口一口吃，事要一件一件地解决，特别是思想问题。我们是要解决矛盾，不是制造矛盾，起码现在不要出现这样的问题。"

"总指挥。"韩榕春满头大汗，急急跑进来急炸炸喊道："有些人不听指挥，卷铺盖要回家，有的已经走了。"【闪出　有的工棚乱哄哄的场景】

大家一下子愣住了。众人脸上惊愕的表情。

十九

【场景：指挥部里】有人嘟囔道："这可是个新动向，得提高警惕，查查看有没有人挑动。"

沉默许久，谷文昌用不大的声音说道："我看不要着急说这是新动向。动向、风向、稳定队伍是大方向，陈副指挥统计了没有，回家去的有多少人？"

陈副指挥："据各营连报告，全工地大约有三分之一的人回去了"。

谷文昌："啊，这么多？！"他十分焦急站起身："这样吧，指挥部的同志到各营连走走，了解一下，摸摸情况，但千万不要讲什么动向问题。俗话说：'好话一句三冬暖，话不投机六月寒。'当务之急要稳定大家的心情，回来开碰头会，回头我把情况向县委报告一下。"说着率先走出指挥部。

二十

【场景：某工棚前】谷文昌："好了，大家都谈了，首先我作为总指挥负有不可推卸的责任，由我向县委检讨。这里自然环境生活条件艰苦，风吹、雨打、蚊子咬，还有毒蛇、野山羊等，饮用水也成问题，如此糟糕的环境条件怎么能让乡亲们安心施工？即便留得住人也留不住心。我们要下大气力解决好吃住行，还有饮用水，上厕所等问题。"众人纷纷点头。

林忠诚："据说，有的村担心水库建成后，水到不了他们那儿。"

谷文昌："咱们分分工，指挥部的几位同志负责去各个公社看望回乡的人们，带上图纸，给乡亲们讲讲，要把工作做细，动员大家回来搞建设。"

二十一

大雨如注，叩击着屋檐房脊。诸多烦心事涌堵心头，谷文昌辗转反侧，雨夜难眠，遂起身，披上雨衣，跨入风雨中，信步踏上施工中的大坝。时至深秋，那山峦景色在雨夜中更显深沉。四面群山，松涛林吼，一派雨雾茫茫。处在穷山恶水变革面貌之前的山夜，正毫不保留地展示着大山深处无数的秘密和深邃的魅力。谷文昌深深呼吸了一口清新的空气，沿着小路察看工地各处，忽然夹杂在风声雨声中，传来了一阵阵山歌声，号子词怎么又成了山歌？谷文昌被歌声吸引着，来到工棚的山坡上凝神侧听着……（韩榕春与苏长贵各领着男女工棚的民兵们对唱着。）

女：你不会唱歌（哟）不要（个）声等你妹，妹（呵）唱给你听（啰），捱一日唱得千百支（哟），没见你哥哥接句声（啰）。

男：你哇捱介歌捱有歌，楼上藏起三五萝，老鼠咬开一个眼哎，一走来了三千多。

众人：喔—喂——

女：你有山歌介好声，你有好酒介好缸。你昨日食来炒鸭子哎，今日唱出鸭公声。

男：唱歌（咧）不要好声音，只要四句分得明。恋妹不要人才好呀，只要两人同得心。

众人：喔—喂——

女：你要（哇）唱歌就来唱，两人调起声音来，唱得鸭毛沉水痕呀，唱得沙子浮起来。

男：你要（哇）唱歌就来唱，唱到日头对月光，唱到麒麟对狮子呀，唱到你老妹想情郎。

众人：喔—喂——

风声、雨声、歌声交织在一起，在大山深处引起久久的回音与共鸣，不知什么时候林忠诚打着伞站在了谷文昌身后，两个人如痴如醉，倾听着这自由高亢的山歌调，欣赏雨夜之中大山与工地的美丽景色。

二十二

【场景：工地某营大食堂内】谷文昌带着疲惫的神情，嘴上因着急上火起了几个泡，点着紫药水。他与民工促膝畅谈，嘘寒问暖，大家围在一起谈论着生产建设和生活，时不时地开怀大笑。看到时间差不多了，谷文昌站起身，抬起手示意大家静一静："今晚我老谷要用

'铁观音'招待大家。小陆端茶具上来。"陆晓山【字幕：水库工程部技术员陆晓山】、黄鸿涛、张营长等端着茶具，提着茶壶，抱着茶碗进来。

谷文昌："我国四大名茶咱福建就有两种，那就是安溪城内的'铁观音'和武夷山上的'大红袍'，另外两种是西湖龙井和太湖的碧螺春。在座的有谁能讲讲'大红袍''铁观音'的典故。"

陆晓山怔了一下道："据说是在清乾隆年间，安溪松林有一人信佛，每天清晨必以清茶一杯奉献于观音像前。一天他到山上砍柴，发现有一茶树在晨光照耀下，叶面闪闪发光，就把它挖回来精心栽培。采制成乌龙茶，香气特异，且要比其他茶叶重。由于这种茶叶暗、重如铁，人们就称它'铁观音'。"

张营长嚷嚷道："我知道'大红袍'但没喝过。"大家哄笑起来。张营长接着道："传说早年咱省崇安县县官久病难治，当地天心寺和尚采武夷山天心岩峭壁之茶进献，饮用数次后病便痊愈。病愈后县官亲临，把身上所穿的大红袍披在茶树上，焚香礼拜，'大红袍'茶名由此而来。"

谷文昌微微一笑："你们说得是那么回事，四大名茶，福建占两种，是咱福建的骄傲。今天我请大家喝的就是'铁观音'。这是县委高书记送给我的。用名茶敬大家回到工地共甘苦，另外，以茶致歉请同志们原谅我工作没做好。这里生活条件这么差，大家返回家看看，料理一下家事也在情理之中，今天我向大家保证，如搞不好大家生活问题，解决不了后顾之忧，拿我是问。现在告诉大家，经指挥部研究决定，在采茶籽的季节，各营、连将安排大家轮换回家采摘茶籽，以解决家里全年的吃油问题。"

众人鼓掌。

谷文昌："咱福建的名人有扬州八怪之一的黄慎，著名思想家严复，清代海军著名将领陈绍宽，他们都喜好饮茶，但最有名的当数民族英雄林则徐，他主持的虎门销烟和后来爆发的鸦片战争，与茶叶有很大的关系。"众人对此表现出浓厚的兴趣，紧紧的围拢在谷文昌的周围倾听着。

谷文昌："在欧洲最早饮茶的是英国人，英国人饮食主要以牛奶及肉类为主，肠胃之中多油腻，而茶中含有多种维生素，可分解油腻，助消化，所以英国人是不喝则已，一喝就离不开，对中国茶叶的需求大增。而当时中国的经济是封闭和自给自足的，英国商品在中国打不开市场。当年中国与英国的贸易物资除丝、瓷器外，最主要的货物就是茶叶。19世纪初，当时来中国贸易的英国商船，所带的货物不多，而却要带着大量的买茶叶的银元。英国商人为了改变这种局面，便设法从印度等国购买鸦片输入中国，用卖掉鸦片的中国银元，便能换取中国的茶叶，许多英国鸦片贩子在中国发了横财。当时是鸦片源源不断流入，而大量的中国的黄金白银也滚滚流出。林则徐主动请缨作为钦差大臣强行禁烟，并在虎门把100多万公斤鸦片当众烧毁。英国以此为借口，野蛮地发动了鸦片战争。这茶叶虽小，但却记载着一段民族屈辱的历史。……我们搞水库建设，就是为了建设好美好山区，发展经济，改善大家的生活，现在困难较多，但比起当年红军长征时要好多了，所以呀，咱们要发扬红军精神，克服困难，建好水库，早日受益，大家有没有信心？"

众人齐喊："有。"热烈鼓掌。

谷文昌："好，我指挥大家唱一首歌，就是毛主席为红军制定的三大纪律八项注意，好不好？"

众人："好。"叫声震天。

谷文昌："我起个头，革命军人个个要牢记，唱……"打着拍子，众民兵（唱了起来）："革命军人个个要牢记，三大纪律八项注意，第一一切行动听指挥……"歌声嘹亮雄壮。

张营长煽动着："欢迎总指挥唱一个好不好？"

众人："好。"

谷文昌："那我就唱周总理最喜欢的《长征组歌》里的过雪山草地吧。"深情地唱起"雪皑皑，野茫茫，高原寒，炊断粮。红军都是钢铁汉，千锤百炼不怕难，雪山低头迎远客，草毯泥毡扎营盘，风雨侵衣骨更硬，野菜充饥志越坚，官兵一致同甘苦，革命理想高于天……"
【歌曲响起】众人合唱起来："官兵一致同甘苦，革命理想高于天……"

群情振奋，众民工拥出工棚，抄起各自的工具，奔向各个施工面。

二十三

【场景】

谷文昌亲自跑到县城里落实各种各类的生活物资，检查搭建、改造的住宿工棚、食堂、餐厅、小卖部、厕所，到卫生所了解情况，看望治伤的民工。谷文昌正和许志云医生交谈中，见韩榕春在几个伙伴的簇拥下满脸通红地从山坡上下来，边急匆匆走着，边用手不停地捶打着前胸后背，嘴里不住发出："嗝……嗝……许医生呀……嗝……快给我……嗝……治……嗝……"一副极难受的样子，俊秀的脸都走了样，叫人忍俊不禁，哭笑不得。许医生赶紧倒杯热水，扶榕春坐下，又不停地轻轻地捶打着她的后背，手忙脚乱好一会儿，榕春仍是嗝声不断，不见效果。

谷文昌看着榕春难受的样子和许医生着急的神情，想了想，一拍脑门："有了，有办法了，赶紧试试土方法。许大夫赶紧叫一名民工去鸡舍拔一根大公鸡毛或鹅毛来。"不大工夫，就听着在一片鸡飞狗叫声中，一名民工跑着送来几根鸡毛。谷文昌用鸡毛蘸了蘸医用酒精，故弄玄虚地对榕春说："忍着点呀。"见榕春一脸惶恐的样子，又忍不住笑了起来。

许医生急忙地说："别卖关子了，快给用这土办法吧，你看榕春打嗝难受的样子。"

谷文昌对榕春说："闭上眼，仰起脖，双手自然下垂。"榕春一边不住打嗝，忙照办。只见谷文昌把鸡毛递给许医生，指导她扶着榕春头部，自己用鸡毛在榕春的鼻孔处来回点拨了数次，榕春觉得鼻孔奇痒无比，忍不住大大打了一连串的喷嚏，鼻涕眼泪沾满双腮。

谷文昌慈祥地问："怎么样啦？"榕春用手抹了一把脸，又喝下许医生给端上的热水，平静一会儿："嘿……哈……好了，不打嗝了……哎呀，谢谢呀，我的总指挥，您这土办法真灵呀。"榕春破涕为笑，欢天喜地地抱着总指挥的胳膊来回摇晃。谷文昌："轻点晃，老胳膊老腿了，经不住得。"榕春和一帮子伙伴一窝蜂似的走了。

许医生调侃道:"没看出来,总指挥你还是个大夫,我封您为本医疗站名誉站长了。"

谷文昌:"这是一个老中医告诉我的,战争年代无医无药,只能用这些土法子,今天传授给你,天机不可泄露哟。"两人相视大笑起来。

少顷,许志云认真地说:"工地这儿民工医疗防治任务十分重,我们医疗站应多准备些中草药,多挖掘些民间偏方,少花钱多预防,中西药结合,做好卫生防控工作。"

谷文昌连连点头称是:"中草药是我国巨大的医药宝库,要多多搜集这方面的民间土方,造福百姓。"

二十四

【场景:工地林忠诚副指挥的宿舍中】林忠诚在忙里偷闲地写着他的毛笔字。

谷文昌走了进来,来到桌前念道:"'君不见黄河之水天上来,奔流到海不复回。君不见高堂明镜悲白发,朝如青丝暮成雪。人生得意须尽欢,莫使金樽空对月。天生我材必有用,千金散尽还复来……'这不是李白的《将进酒》吗?老林呀,你的书法不错呀,赶明儿给我写一幅。"

林忠诚急忙将写着字的纸抓起揉成一团:"练练字,练练字。"

谷文昌看到忠诚的举动说道:"忠诚,别拿我当外人。"环视四周,他又道:"你这儿真是:孔夫子搬家——尽是书呀。老林呀,咱们出去走走好不好?"

【场景:客家人沿路建的茶亭,里面备有供来往人们喝茶的竹碗和水瓮】坡岭起伏,山上层层叠叠的梯田,山下盆地形状不一的农田,山村和村里客家建筑民居点缀其中,一条小溪静静地流淌着。谷、林二人走进茶亭。

林忠诚喝了一碗茶后,感慨道:"品茶如品人生啊,一人得神,二人得趣,三人得味呀。"

面对山中的景色,背靠青山,谷文昌边用帽子扇着风,边喝茶道:"擎一盏清茶,品四季韵味。"然后回过头来对忠诚真诚地说道:"老林呀,工程技术我是外行,你还得多提意见呀。"

表情复杂,满脸无奈的林忠诚沉默了一会儿看着总指挥诚恳的眼神,叹一口气:"当年号召鼓励大家提意见,我刚从一个工地赶回去,就有人动员我提建议,我就根据当时工地的情况,说了一句施工搞建设没有假如,就工程说工程是不懂工程,搞建设要考虑到多种因素,不能搞形象工程和形式主义,加一些非工程的装饰性的工程量。我有每天读诗词的习惯,那天我在宿舍念了明代王磐的散曲：'喇叭唢呐，曲儿小，腔儿大；官船来往乱如麻，全仗你抬身价。军听了军愁，民听了民怕。哪里去辨甚么真共假？眼见的吹翻了这家，吹伤了那家，只吹的水尽鹅飞罢。'也让人听了去打了小报告。还有居心叵测的人偶然看到我书写的宋代理学家朱熹的诗作：'半亩方塘一鉴开，天光云影共徘徊。问渠那得清如许，为有源头活水来。'就硬说我是怀念旧时代。哪儿跟哪儿呀，这就是朱老夫子的一首《观书有感》，讲要'淡中识味，拥有一颗静心'，说白了就是把心静下来，心静平和自然，悠然自得呀。这些人自己不学无术，还胡乱报告。"林忠诚愤愤不平地把碗中茶泼向远处。

谷文昌深有感触地说："年岁越大涉世越多，众多烦心事就都来了，写写古诗，读读古诗也是一种排遣。我挨整时，心烦苦闷无助时，就研阅毛主席的诗词，并大声朗读出来，即使有人听见，也没什么，因为我朗读的是毛主席的诗词，特别是晚上散步观山望月时，再默背几遍就不会烦躁了。""更有甚者，"林忠诚意犹未尽道："他们在办公室翻到我应家人要求书写的弘一法师的《送别》词'长亭外，古道边，芳草碧连天，晚风拂柳笛声残，夕阳山外山……'和临摹的法师临终绝笔'悲欣交集'等字幅，就给我扣上许多帽子，批判的声调越来越高。唉……说起来让人心寒。"林忠诚胸腔起伏，眼镜后潮湿起来，忙用手擦拭。平静一下心绪后对老谷说："结果说我不满党的领导，批了一个多月，非要我交代动机，差点儿没保住党籍和划成右派。多亏老党委书记替我说了不少好话。咳，一说起这个就心有余悸。一朝被蛇咬，十年怕井绳呀。"

谷文昌："是呀，如果身处一个无忧无虑，不受外界干扰的世外桃源，即使在喧嚣嘈杂、纷繁复杂的环境情况下，仍以不变应万变，从容不迫，进退自如，这样的人，突出的境界就是'静心'，特别身处逆境中人。"谷文昌站起身来，背着手来回踱了几步，转身对林忠诚坚定说道："逆境打垮了弱者但却造就了强者，应是在逆境中不灰心，保持乐观主义。红军秋收起义失败，三湾改编出精兵。文王拘而演周易，司马迁受刑而编《史记》，奥斯特洛夫斯基病在床上写下了不朽名著《钢铁是怎样炼成的》。"

林忠诚："但我只不过是一个普通的技术人员而已。'知止而后有定，定而后能静，静而后能安，安而后能虑，虑而后能得。'只想静下心来，用自己的知识，发挥自己的特长，多为人民、为国家做些有益的事情。我的原则是定住神，静下心，不掺和事，不打听事，干好自己的事。"谷文昌接着说道："但现实是我们身处的时代不是世外桃源，面对着各种挑战，面对形形色色的人。

常听人说'一千个读者,就有一千个哈姆雷特'。这是因为看到同样的东西,不同的内心所形成的反应是不一样的。"林忠诚看着老谷默默点了点头,没直接回答,把目光转向远处。

谷文昌见状接着说:"我记得毛主席在闽西苏区时,受'左'倾机会主义打击,只有一个闲差,他先后7次来闽西,深入穷乡僻壤搞调查研究,写下《才溪乡调查》等不朽名篇。当时毛主席大病一场,患的是当时很难治愈的疟疾,在上杭一山乡养病时还写下《采桑子·重阳》一首词。"老谷顿了顿深情地吟道:"人生易老天难老,岁岁重阳,今又重阳,战地黄花分外香。一年一度秋风劲,不似春光。胜似春光,寥廓江天万里霜。"

林忠诚敬佩地回应道:"毛主席的诗词有独特的魅力,我认为主席的诗词把物境、意境、情境的最高境界和内涵描绘得淋漓尽致。"老谷接着说道:"但他还是在敌军包围万千重的外部条件和'红旗能打多久'的内部气氛中,始终保持一种坚定的乐观主义精神。红军长征千回万转中连个落脚的地方都没有时,毛主席却在六盘山发出了'今日长缨在手,何时缚住苍龙'的豪迈誓言,在60年代自然灾害面前,毛主席号召我们:'与天斗,其乐无穷,与人斗,其乐无穷。''无限风光在险峰。'"

谷文昌激动地把一碗水一饮而尽:"老林鼓起勇气,

把那些烦心事扔到大山里去，一切向前看。"

林忠诚站起身，想去握老谷的手，走了几步又返回原处坐下，低下头言不由衷小声说道："在当前形势下，用一些人讲得一句俗话，识时务者为俊杰……"

谷文昌："但至于什么叫'识时务'，什么算'俊杰'，各人的解释和理解就不同了。所以，你就沉闷下来，每天除了勘察施工现场，就是在工程部画图，要么在宿舍里看书。"

林忠诚看了一眼谷文昌："有时候，真搞不懂什么是真理，什么是理论。记得歌德说过：'真理与谬论是同一个来源，这是奇怪的，但又是确实的。所以我们任何时候都不应该粗暴地对待谬误。因为在这样的同时，我们也粗暴地对待真理……'"

谷文昌："理论是要学的，但也要创新。列宁与马克思恩格斯理论结合，取得苏联十月革命的胜利，毛泽东思想与马克思主义相结合，农村包围城市取得中国革命的胜利。"

林忠诚："恩格斯曾经说过：'一个民族要站在科学的最高峰就一刻也不能没有理论的思维。'我对自己的要求：在认真学习上要有进步；在做人上要有新境界；在做事上要有成效；在做官上要清白，总之一句话，认真干事，把事干好。"

谷文昌："你这个人待人谦和，真诚大方，对工作兢兢业业。"

林忠诚："用我就精忠报国，不用就潜心做技术工作，但有一条：对党忠诚，老老实实为老百姓干事。"稍顿了一下："我现在都是中年人了，为党干事的时间也不多了，所以还得加倍努力。"

谷文昌："是呀，中年是人生最宝贵的岁月，但又是最尴尬、最无奈、最紧张、压力最大的时期，当然也是情感最丰富的时期。中年人是家里的顶梁柱，上有老，下有小，工作压力大，是事业上的中坚力量，成为社会负重最大的群体。这个时期，身体状况也大不如年轻时，疾病也接踵而来，常感到疲惫不堪，精神状态也不佳（拍了拍受伤的腿）。"

林忠诚："这时期有的人情感也最易发生危机。如果此时事业不成功、经济不丰厚或家庭不和睦，人生的中年的确让人不轻松。"

谷文昌："中年人经历了人生的风吹雨打、挫折失败，吸取经验教训，变得成熟起来，不再浮躁，继续努力。"

林忠诚："凡事过度，自觉乏味，正所谓过犹不及。"

谷文昌："中年时期对世间利禄来来往往，滚滚炎凉荣辱都已淡漠了，'唯有淡泊，才能宁静'，才能对中年时期的人生做最深入、最细致、最有价值、最独特的品位。"

林忠诚:"中年时期贵在善悟,人们经常说引用'业精于勤而荒于嬉',但往往忽略了下面还有一句话:'行成于思,毁于随',思是悟的过程,悟是思的结果,勤而不思等于食而不化。当然思而不勤也根基不牢。孔夫子说得好:'学而不思则罔,思而不学则殆。'这就是学与思的关系。"

两人对视着,会心一笑。

二十五

【场景:工棚】

深夜,工棚内鼾声如雷,谷文昌带人查夜。

二十六

【场景:公社驻地】仲书记在紧张地忙碌着。总指挥敲门进来。

仲全德:"嘿,你怎么来了?"仲书记忙让座并端上一杯茶给他。

谷文昌:"我来请求书记支持了。"说着递上一张申请调拨粮食的表格。

仲全德:"照办,照办,虽然现在粮食紧张。但工地上需要再紧张也要照办。我亲自督办。"

谷文昌:"你让下面的同志去办就行了,事无巨细一一过问,是一种累死人的做法,就像诸葛亮。"

仲全德叹息道:"唉,人手不够呀,没办法,没办法。"

谷文昌:"我记得刘邦曾对下属说过:'运筹帷幄之中,决胜于千里之外,我不如子房;镇守国家,安抚百姓,运送军需,我不如萧何;率百万大军,战必胜,攻必取,我不如韩信。此三人都是人杰,我能任用他们,所以我得天下,项羽只有一个范增还不能用,所以他失去天下。'这讲了一个用人的道理。你得调动大家的积极性。"

仲书记若有所思道:"对,你也得注意身体。民工可以'三班倒',你可不能跟着'班班倒',得调动大家的积极性呀。"

谷文昌:"你呀。"两人相视笑了起来。

二十七

【场景:电话紧急通知:县委、县革委决定必须于雨

季前大坝填土。】

谷文昌："接到县委通知，要我们提前上坝填土。大家议一下，拿出意见，报县委批准。"

大家不说话，面面相觑。林忠诚突然对茶杯发生了兴趣，目不转睛地望着茶杯出神。陆技术员更是把手中比例尺把玩得来回转动。最后目光还是落在总指挥的身上。

谷文昌："别光看我呀，古语说得好：'三个臭皮匠顶一个诸葛亮。'我们这么多人，还研究不出个结果？何况我们还有几千民工，顶多少个'诸葛亮'呀。"

沉默了好一会儿，林忠诚终于说道："我不同意，提前上坝填土。现在涵管清基工程还没有结束，就要上土，坚决不行。"

大家议论纷纷。

谷文昌鼓励着："忠诚，接着说呀。"

林忠诚扶了扶眼镜，喝了一口水说道："工程讲究的是一个基础，一个前提，即安全施工是基础，工程质量第一是前提，我们水库工程是百年大计，所以，工程决不能片面强调抢进度、要速度，应强调无论何时都注重质量，没有这个前提，提前上坝填土根本无从谈起。现在有的连队在开展劳动竞赛中，只顾赶进度，不管质量。我个人意见，现在非但不能提前，反而要对前面的施工质量认真复查检验，不合格的务必返工，这个问题绝不能含糊，总指挥在这个问题上也绝不能和稀泥。"

会议气氛一下紧张起来。

谷文昌环顾四周，为调解气氛，模仿电影《南征北战》高营长的台词："我也想今天晚上就打冲锋，明天一早就把蒋介石几百万军队全部消灭，可那是不行的。"

大家笑了起来。

陆晓山："我同意林总的意见。'千里之堤，溃于蚁穴。'林总的意见是对的。我们应实事求是，不应单纯讲提前上坝填土。林总，我们能不能在科学施工上下功夫，统筹兼顾一下？另外，我和他们几个再到工作面计算一下。"

谷文昌："如果加快清基，科学调整施工力量和周期达到填土的质量要求，需要多久后可以上坝填土？"

林忠诚："嗯……这个……科学合理调整施工，考虑到目前现场的实际情况，也得三个月以后方能填土。"

谷文昌起身说道："好，我看可以。在工程进度和质量上工程师是绝对权威。这个问题绝不含糊，要服从工程部调度，科学施工，不可蛮干。工程部的技术员要都下去，发现问题坚决重来，宁可现在受点经济损失，也不能留后患。针对各连队施工求快的情绪，我们要保护好大家的积极性，要发动大家动脑筋，想办法集思广益，提倡多搞发明创造，怎么样？"

林忠诚："我同意总指挥的意见，我和他们几个到各营连再跑跑，再算算。"

有人小声嘀咕道："假如县委怪罪怎么办？"

谷文昌："我负责。但我必须说清楚：现在大家必须团结一致，精诚协作。我们大家都在一条船上，我们务必使这条船平稳航行，并平安抵达彼岸。"（看了一下大家）"这样，我去县里，向县里领导解释说明情况，你们继续按照计划清基和积极做好填土的准备，如果县委怪罪，由我负责，我马上去县委。"

当天下午，风尘仆仆回来的总指挥，一下车就兴奋地喊道："县领导同意我们的意见，把上坝填土的期限延长三个月。"

二十八

【场景：工地总指挥宿舍】

炉子上一个大号军用饭盒在煮着水，英萍在工具柜前忙乎着，身上粘了不少面屑，地上放了一大盆要洗的衣物。谷文昌深一脚浅一脚地从工地回来，裤腿上满是泥巴，满脸的胡子，一双鞋沾满了泥沙，一只裤腿还高挽着——实在是显得过于狼狈。站在门外，从门缝里往里看了一眼正在忙碌的妻子。

谷文昌："哎，英萍你怎么来了。"

史英萍："我怎么就不能来，不欢迎嘛。"

谷文昌：用河南腔答道："哪敢呀，热烈欢迎后方支前的同志来慰问。"

史英萍："美的你。"两口子相互注视着。

少顷，英萍关切地问道："身体怎么样，顶得住吗？你的腿怎么样？"

谷文昌：拍拍胸脯回应道："没问题。"

史英萍："别逞能，千万别硬撑着，特别小心你的腿，别谁说也没用。"

谷文昌看到英萍擀出来的面条，高兴极了："哈哈，今天要吃面了，夫人来了就有好吃的了。"

史英萍："你忘了今天是你的生日。"

谷文昌："啊，我的生日。"愣在那，半晌走近妻子深情地对望无言。

史英萍："好了，水开了。"把擀好的面放进饭盒里，又把自制的腌萝卜干、豆酱、腐乳等端上来："快吃吧。"谷文昌忙接过碗，大口大口地吃起来。

史英萍一直注视着谷文昌，心里说："唉，又瘦了。"心疼得眼窝湿了。

谷文昌："谢夫人，再来一碗……哎，你也吃呀。"

谷文昌吃完放下碗，拍拍肚子，打了个饱嗝，耍宝似的用河南腔念道："面条本身就是面，摔拉甩扯切削擀，一天不吃心里念，两天不吃太遗憾，老谷家中一碗面，一切烦恼都消散。"

史英萍："你呀你，肚子有食物就有精神头了。"由衷笑了起来。

谷文昌："那是，夫人所言极是。咱们河南人爱吃面，春节子午相交吃饺子，'长接短送'，来客吃面，送客吃饺子。"然后坐在炉子前，点了一棵烟："饭后一袋烟赛过活神仙。"

史英萍："还是少抽点吧，抽烟对身体不好。"一边收拾一边嗔怪他。

少顷，谷文昌踱到窗前，自言道："都奔六十的人了，可是干成的事太少了。孔子活了七十三，孟子活了八十四，我要能活到圣人那岁数，也就是还剩二三十年的工夫了。人生太短了，比起牺牲了的战友，我是幸运的，假若有机会，也有可能，我愿力所能及地为这块红色的土地多干点事，而且要干成。"

史英萍挽着谷文昌的胳膊，两人站在窗前远望着水库工地和群山一色的景象，畅想着未来。

二十九

在欢快的乐曲声中，蜿蜒的山道上，人群忙碌着，近处在镜头前有横过的运土方、石料的民工，还有打土夯的、填土的，技术员在指导人们施工。

林忠诚正严肃地对技术员黄鸿涛讲道："如果发现坝上填的土方中含有草皮、树枝、腐殖土、小石块的，必须重来，决不能让大坝填的土混有这些东西。我们必须保证大坝百年固若金汤，小黄你负责这项工作。"

黄鸿涛："是！"

远处，谷文昌正拉着苏长贵一起看铁姑娘队革新的运土方式（山上山下各竖一地排车，在轴中间安装一个滑轮，两人转动两边的车轮，装土的竹筐排成一列不断地运输上来。功效提高了好多倍）。谷文昌对苏长贵与韩榕春说："两个连队既是竞争对手，又是兄弟连队，但要注意协同作战。俗话说：兄弟同心，其利断金。另外，长贵，你们要向铁姑娘队好好学习一下。"

衣着不整，略显邋遢和疲惫不堪的长贵梗着脖子说道："他们填的土不合格。"

韩榕春："他呀，是看着我们革新的运土方式有气。真是大狗熊钻烟囱——忐难受，坐在坛子上放屁——想

（响）不开。"

谷文昌："看重对手，竞赛施工，友谊第一，比赛第二。"两人不服气看着对方，榕春转身招呼手下人忙开了，长贵却对总指挥做了个鬼脸，敬个礼，扭身跑去。看着两人的背影，总指挥开心地笑了起来。

三十

【场景：工地某食堂】

谷文昌带领后勤部、卫生站的同志在检查食堂。架子上有萝卜、南瓜、芹菜、白菜、藜瓜、番薯，还有腌咸菜、生搓萝卜干，还有豆酱、豆腐乳等。

谷文昌："你们食堂要千方百计地多搞点蔬菜，俗话说：'三天不吃青，两眼冒金星。'另外，施工现场潮湿，可以多准备一点客家的酒娘。"

许志云接着说道："对，这种酒味纯香甜，度数低，不易醉人，还能祛湿，男女老少都喜欢。佐以蒸蛋，那味道美不可言啊。"

从食堂出来，许医生发现高书记正站在一块大石头上出神地望着工地。谷文昌等人急忙走上前去。

谷文昌："领导突击抽查，连个招呼都不打？"

高双祥："我路过工地看看，有你这位总指挥在，我还敢抽查？怎么样，下命令吧。"

谷文昌："折煞我也。"

高双祥对着工地感叹地说道："好大的家当呀！"

谷文昌："大有大的难处。"

众人见两位谈兴正浓，就各自散去，忙别的去了，这时候林忠诚等技术人员扛着测量仪器从山上下来。高、谷二人迎上前去问候大家，彼此互致问候。

高双祥："其实我这次来是想专门看看工程技术部的同志们，感谢你们据实提出的意见。大坝下面的涵管清基工作还未完成，如果不顾一切，盲目赶进度，势必给大坝留下极大的隐患，'千里之堤，溃于蚁穴'。如不注重工程质量，我们将成为水库建设的罪人。"

林忠诚："这是我们应该做的。我们现在正在多跑跑，多算算，看看能否提前工期。"

高双祥："好。"又感慨地说道："你们搞工程技术的在设计建筑物和利用周边环境的同时，还进行着不自觉的情感交流，因为环境是有情的，所以设计和建设的建筑也是有情的。一项建筑、一项工程都是语言与情感的结合产物，换句话说，也是情感与知识的交融。建水库大坝也是这样，它是连接与老区人民情感的纽带和桥梁，这座大坝绝对不能出问题。所以，质量第一，安全施工，速度要服从质量。"

高双祥："毛主席在 1957 年说过，我们提倡知识分子到群众中去，到工厂去，到农村去……利用各种机会去接近工人农民。在工作方法十条中毛主席讲道，人们的工作有所不同，职务有所不同，但是任何人，不论官有多大，在人民中间都要以一个普通劳动者的姿态出现。决不许可摆架子，一定要打掉官气。"

谷文昌："知识就是力量，国家建设全靠知识，学无止境。"

高双祥抬起头看看天色道："不走了，今天就住在贵工地了，请给安排个窝吧。"

谷文昌："书记大人就下榻在指挥部吧。"

高双祥："老谷，老林，有什么好消息告诉我，我给你们记功。"

谷文昌："立功不敢想，不批评就'烧高香'喽。"

高双祥：（笑）"嘿……你呀。"

三十一

【场景：高书记来工地检查施工】

谷文昌："寒夜来客茶代酒。"

高双祥："别茶代酒，我请你喝酒。"说着从挎包里拿出一瓶酒。"我们老家的景芝老白干。"

谷文昌:"好呀,来,莫使金樽空对月。"

高双祥:"别……你请我喝茶,我请你喝酒,慰劳你。"

谷文昌:"咦,这不中,这也不公平,书记不能'以势压人'呐。"

高双祥:"唉,我有我的苦衷啊。"

谷文昌:"书记有什么苦衷啊?你有什么指示,我照办。这瓶酒咱就一人一半,怎么样?"

高双祥:"咳,大夫不让喝。另外,你有所不知,我那夫人是学医的,结婚之前人家提了三个条件,答应下来就结婚,否则就一切免谈。"

谷文昌:"啊!还约法三章啊,听着新鲜,不妨透露透露。"

高双祥:"嘿嘿,说出来怕你笑话,不说了。"

谷文昌:"别卖关子,一定要说,我也'学习学习'。"

高双祥:(挠了挠头皮)"'第一,要把烟戒掉,这样对自己身体有好处。'然后把头一歪斜着眼睛问道:'你答应吗?'我心想不就是戒烟嘛,先应下再说:'好,没问题。''戒烟说话算数?''算数。'"

谷文昌听着摇了摇头,高双祥见状道:"人家立马就收缴我宿舍里的全部烟草,效仿'虎门销烟'就地销毁。"双手夸张地做了一个拧手巾状。

谷文昌："真是可惜，给别人抽不就行了。"

高双祥："我也这么说，但她却说我可以给他们买，这是两码事。"

谷文昌："完了，烟枪收缴了，那第二呢？"

高双祥："'第二，听说你酒量不小，经常喝得彻底坦白交代，因为结婚以后嗯……那个，那个……我听得有点着急，那个什么你讲出来啊（夸张地做擦汗状）。她低头半晌才蚊子声地说了一句：'要有孩子的，喝多了对孩子不好。'说着猛一抬头：'第二，要戒酒！'"

谷文昌咂咂嘴："啊——"

高双祥："哟——，这有问题，战友们、同志们、家人在一起不喝两杯？人家不笑话我？"

谷文昌："结果怎样？"

高双祥："结果先收'烟枪'，后砸'酒缸'。"

谷文昌："厉害，厉害，大大的厉害。"伸出了大拇指。

高双祥："死缠硬磨，人家死守防线，决不让步，我一看不妙，一咬牙，一跺脚，应了。"

谷文昌："就这么答应了？不过……细琢磨一下，人家说的也有道理。好厉害呀，第一次听说有这么谈结婚条件的。噢，还有第三呢？说来听听。"

高双祥端起茶杯一饮而尽,一拍桌子:"这第三!"

谷文昌揶揄道:"轻点,又不是作报告。"

高双祥:"哈哈——"未说先笑了两声,竖起了三个手指头:"'山东男同志'名声'不好,大男子主义,不干家务活还倒罢了,听说一不高兴就打老婆。先说好,君子动口不动手,家里绝对禁止'军阀作风'。"

谷文昌望着书记有点怪怪的模样,眼泪都笑出来了:"哈—哈—哈—难怪风闻你'惧内',这简直是'丧权辱男'啊,看来是都应下来了,执行情况如何?"

高双祥:"嘿嘿……三条做到两条半。"

谷文昌:"嗯,那一定是偷着抽烟,偷着喝酒,抓住现行了。"

高双祥:"哪儿啊,一次在家里养病心烦,我俩为了孩子的一点小事儿拌嘴,我说不过人家,举起拖鞋就想冲过去。"

谷文昌:"嚯,胆子不小,犯下'滔天大罪'了。"

高双祥:"哪儿啊,我那口子插着腰,瞪大眼睛,歪着头道:'双祥同志,这么多年来你也不容易啊,终于露出真面目了。'"

谷文昌紧张地问:"真打了?"

高双祥:"咳,没敢动手打,一着急,将拖鞋扔了过去,结果打在墙上,弹了回来,倒打了自己。"

谷文昌笑得东倒西歪："哈——哈——哈——"

高双祥："我那口子嚷道：'我算知道什么是恼羞成怒了。'一转身走了。"

谷文昌一边抹眼泪，一边笑着说："你还真行，这还叫男子汉当家的。"

高双祥："其实，她对我很好，我战争年代受过枪伤，三年自然灾害时，腿又浮肿住了院。她千方百计地调理我的饮食，振振有词地说，是药三分毒，多用食疗，少用药疗。并用古代药王孙思邈的话鼓励我，'为医者，当晓病源，知其所犯，以食治疗之，食疗不愈，然后用药'。还用她在医学院学的一个叫什么西方医药之父的希波克拉底的话'药物治疗，不如食物治疗，食物是人类治病的最好药品'作理论根据。结果我好了，她却瘦了十几斤。我一不冷静犯了'家规'，夫人一生气，带着孩子回了上海，害得我吃了一个月的机关食堂，每天早上喝疙瘩汤，现在一看见那汤就犯胃酸。"

谷文昌："这就叫惩罚。"

高双祥："好了，今天'监督员'不在，咱俩偷着喝几杯，不过你不检举就是了。"

谷文昌："不中，不中，我也不做恶人，不然以后无颜见嫂夫人。"

高双祥："噢，我明白了，你也是个外强中干'惧内'的主儿，哈——哈——哈——"

谷文昌嘴硬着："那倒不是。大夫不让喝，这年头，夫人们不容易，何必惹她们不高兴。"

高双祥："其实，喝茶挺好的。古人总结的一套饮茶歌：'烫茶伤人，冷茶勿饮；淡茶养人，浓茶清瘦；午茶提神，晚茶难寝。'喝茶应得法，否则有损身体健康。

"喝茶有五不宜：第一，不宜用95℃以上的开水冲泡，否则营养物质易被破坏。茶叶中的绿酸、茶碱等有害物质也损害人体的健康。第二，不宜多次冲泡。俗话说得好：'头泡一口香，二泡味正浓，三泡呈甘醇，四泡味不存。'第三，不宜空腹饮茶。第四，发烧时不宜饮茶，为什么呢？茶叶的茶碱能使体温上升，'易火上浇油'。第五，饮茶不宜过浓过多。脾、胃寒或气虚的人不宜喝浓茶。

"喝茶还有'二忌'：忌酒后饮茶，酒精和浓茶均有兴奋心脏的作用，若双管齐下，更会增加对心血管的刺激。酒精绝大部分在肝脏中转化为乙醛，后再变成乙酸，乙酸又分解成二氧化碳和水，经肾脏排出。而酒后饮浓茶，茶叶中的茶碱可迅速作用于肾脏产生利尿作用。这会使尚未分解的乙醛对肾脏产生刺激作用，损害肾功能。"

谷文昌："真是'近朱者赤，近墨者黑'呀。你都成了半个医生了。"

两人相视大笑。

高双祥："好，这酒咱们就留在水库竣工的庆功会上喝吧。"

谷文昌："咱们今天以茶代酒，明天起来我请你看日出。"

高双祥："就这么定了。干杯。"

三十二

雄鸡高唱，正是黎明。听见几声报晓鸣啼声，谷文昌披衣而起，四周的景物都在轻雾朦胧之中，高书记也随后走出门来。

谷文昌问候道："东方欲晓，莫道君行早。"

高双祥："你也早呀。"

"我是老兵，早起侍候书记呀。"谷文昌调侃道。

高双祥："别逗了，走，上山。"

大山深处寂静无声，晨曦中云雾缭绕，两人做伴向东高岭走去，远处只有工地灯光和人声。他们登上山头，豁然开朗，远处山峦时隐时现，只听风声霍霍，松涛滚滚，驻足山顶，抬头仰望，星星犹在头顶，仿佛伸手可摘。一轮朝阳自东方跃然升起，万道霞光，金光如泻，照得八闽大地一片灿烂。太阳越升越高，使人目眩。望着大好河山，看着令人振奋的山水美景，高双祥吟道："日出东方隈，似从地底来，历天又复入西海，六龙所舍安在哉？其始与终古不息，人非元气，安能与之久徘徊？"

谷文昌："好诗呀，这是谁做的诗？"

高双祥："这是唐代诗人李白的《日出入行》。"

少顷，谷文昌吟道："宁化、清流、归化，路隘林深苔滑，今日向何方？直指武夷山下。山下山下，风展红旗如画。"

高双祥："这是毛主席的《如梦令·元旦》。"沉默了好一会儿。高双祥接着说道："是啊，在那峥嵘的岁月里，宁化人民做出了巨大的牺牲，这里是红军长征四个起点县之一。据史料记载，当年全县13万人口中，有13700多名优秀的儿女参加了红军，他们转战沙场，喋血湘江，有名有姓的烈士就有3300多人。为了人民解放，这里的人民倾其所有，支援红军，在人力、物力、财力等方面都做出了巨大的牺牲。而现在解放都21年了，老区人民生活却如此贫困，水利基础建设竟如此落后。据不完全统计，现全县24万人口，农业人口占21万，由于吃不饱，三年自然灾害期间，非正常死亡人口达6000多人。石壁古镇，历史悠久，是'客家人'的祖居地。

全公社有 28000 亩耕地，1969 年每亩粮食单产不过 300 多斤，年人均口粮不到 300 斤，最低工分只有 7 厘钱。唉，作为现任县委书记，我愧对那些长眠地下的先烈，无颜见老区百姓，每每想起，寝食难安啊！"

谷文昌："是呀，党领导人民翻身解放就是为了能让老百姓过好日子，搞不好，造福不了百姓，愧对先烈和老区人民。"

高双祥："当年，王明'左'倾路线给苏区带来灭顶之灾，党的七大通过的若干历史问题决议反映了当时的实情：'犯教条主义错误的同志，披着马列主义理论的外衣，仗着六届四中全会所造成的政治声势和组织声势，使第三次'左'倾路线在党内统治四年之久，使它在思想上、政治上、军事上、组织上表现仍最为充分和完整，在全党影响最深，危害也最大。'"

谷文昌深情地望着县委书记，在这样的历史条件下，他说出这番话，只有他理解书记内心的苦衷和这段话的含义。

谷文昌："毛泽东受王明'左'倾机会主义路线的打击被撤销了实际领导职务。一些同志作为'错误路线'的追随者也被撤了职——以致反围剿失败，红军被迫长征。在那极为艰难的日子里，有的同志更坚定了，有的动摇了，有的叛变了。"

高双祥:"解放后,党内有部分干部滋长了一种极端危险的骄傲情绪,他们因工作中的若干成绩,就冲昏了头脑,忘记了共产党员所必需的谦逊态度和自我批评的精神,夸大个人的作用,强调个人的威信,自以为天下第一,只能听人奉承赞扬,不能受人批评、监督,对批评者压制报复,甚至把自己所领导的地区和部门看作个人的私人财产,是向党讨价还价的资本。"

谷文昌:"是啊,最可怕的是听不进不同意见,听不到民声。'得民心者得天下,失民心者失天下。'"

高双祥:"世昌则言昌,言昌则才愈昌,世幽则言幽,言幽则才愈幽。"

谷文昌:"天下顺治在民富,天下和静在民乐,天下兴行在民趋于正。"

高双祥:"世上有'二老'不能得罪,一是老天爷,不能违背自然规律;二是老百姓,我们的衣食父母。"

谷文昌:"毛主席在七届二中全会上说,中国的革命是伟大的,但革命以后的路程更长,工作更伟大,更艰苦,这一点现在就必须向党内讲明白,务必使同志们继续地保持谦虚、谨慎、不骄、不躁的作风,务必使同志们继续地保持艰苦奋斗的作风。我们有批评和自我批评这个马克思列宁主义的武器,我们能够去掉不良作风,保持优良作风。我们能够学会我们原来不懂的东西,我们不但善于破坏一个旧世界，我们还将建设一个新世界。"

高双祥："革命就是为了改善大多数人民的生活。七届二中全会决议精神讲：'在发展生产的基础上改善工人和劳动人民的生活。'"

谷文昌："是啊，发展生产和改善人民生活二者都要兼顾。"

高双祥："理论联系实际，密切联系人民群众以及自我批评是我们党的三大作风，永远不能改变。"

谷文昌："下放之前，我在省城新华书店买了一本合订袖珍本的毛主席著作，共四篇，有《新民主主义论》《在延安文艺座谈会上的讲话》《关于正确处理人民内部矛盾的问题》《在中国共产党全国宣传工作会议上的讲话》。其中，在《新民主主义论》第一个问题中国向何处去中毛主席就精辟指出，'科学的态度是实事求是'，'自以为是'和'好为人师'那样狂妄的态度是决不能解决问题的。我们的民族灾难深重极了，唯有科学的态度和负责的精神，能够引导我们民族到解放之路。真理只有一个，而究竟谁发现了真理，不依靠主观的夸张，而依靠客观的实践。只有千百万人民的革命实践，才是检验真理的尺度。所以我们当前更要实事求是，力戒形式主义。"

高双祥："毛主席在《改造我们的学习》的报告中，

就运用实事求是来批判种种不良倾向了。他批评一些文章'无实事求是之意,有哗众取宠之心'。他要求做调查研究的干部,要'有实事求是之意,无哗众取宠之心',并对实事求是加以解释:'实事'就是客观存在着的一切事物,'是'就是客观事物的内部联系,即规律性,'求'就是我们去研究。"

谷文昌赞同道:"是啊,几十年来,我们党就是运用'实事求是'的思想方法取得了伟大胜利,如'农村包围城市,最后夺取城市'这一战略决策,就是创造性地从中国革命实际出发,运用'实事求是'的思想方法的结果。但也有人高喊'实事求是',而实际干了许多反'实事求是'的事。'实事求是'成了一些人的口号,令人深思呀。"

高双祥:"无论何时何地,都要牢记全心全意为人民服务这个宗旨。只有调动好老百姓参加建设的积极性,大力发展社会主义农业经济,人民生活水平提高了、稳定了,我们的事业就有保证。哎,据说当年在东山你们县委一班人实施的一项德政就是实事求是的典范。"

谷文昌:"是啊,'敌伪家属'变'兵灾家属',虽然只是两字之差,但却是天壤之别啊……"

三十三

【闪回　东山海岛】旁白：

国民党军队在逃离东山岛时，对东山进行了丧心病狂的掠夺，全县有4796名青壮年被抓了壮丁，当时东山总人口不足6万，壮丁家属几乎占了一半。

【闪回　国民党军撤退时抓壮丁时的场景：鸡飞狗跳，躲藏起来的青壮年被抓……壮丁的新婚妻子赶来阻拦，却被如狼似虎的国民党士兵推倒在水田里，一阵阵撕心裂肺的呼喊声……大人叫，孩子哭，妻离子散。】

【闪回　老阿婆、冯海花、梁春云等妇女紧紧抓住谷文昌等人的手，泣不成声："你们怎么早不来呀？早来，他们就不会被抓走了！"】

【闪回　在海堤边，看到冯海花、梁春云等妇女扶老携幼，站在岸边，望眼欲穿冲着大海呼唤亲人的痛苦表情，谷文昌等人眼含着热泪。】

【场景　东山县委会议室】

会议室墙上挂着毛主席与朱总司令的头像，会议室里烟雾缭绕，县委一班人苦锁着眉头，谷文昌踱了几步又坐下，看了看主持会议的书记又扫视了一下在座的各位（众人一副冥思苦想的表情）。

主持会议的书记:"既要安抚百姓,又要搞建设,巩固海防。我们县委必须拿出一个办法来。文昌同志建议开这个常委会,大家要集思广益,知无不言,言无不尽。"

同志甲:"要是能有一个恰当的名义就好了,要不请示上级定一个?"

谷文昌又起身踱步:"毒不过蛇蝎,恶不过逃兵。逃兵抓壮丁这是闹兵灾呀。"

书记茅塞顿开:"有了,这是抓壮丁,闹兵灾,兵荒马乱造成的,改两个字,叫'兵灾家属',怎么样?"

谷文昌:"对,对,改'敌伪家属'为'兵灾家属'。"

同志乙:"这可不行呀,这要担多大的政治风险,谁负这个责?"

谷文昌:"我们共产党人讲的是实事求是,只要能调动老百姓参加海岛建设的积极性,我们的事业就有保障。"

书记:"只要对百姓有利的事咱们就干,出了问题我负责,我们县委一班人共同负责。现在表决。"

谷文昌第一个举起了手,随后大家逐一举起了手。

书记:"好,通过。立即上报地委、行署批准。"

【闪回 在当地老百姓得知改"敌伪家属"为"兵

灾家属"并实施这一德政后,冯海花、梁春云等渔妇们喜极而泣。群众振臂高呼:"毛主席万岁!共产党万岁!"】

【闪回 冯海花、梁春云等渔妇参加东山建设,同心协力奋力拉渔网的场面】

【闪回 工地传来开山炮、炸石头的声响】

谷文昌:"中国是个农业大国,农民是我们的立国根基,所以要和农民生活在一起,到他们中间,了解他们所思所想,解决他们的问题,把他们的愿望变成现实,取得他们的支持。"

高双祥:"从古至今一个政权只要为了百姓实施德政,就容易兴盛,反之就容易灭亡。"

谷文昌:"由于东山县委实施了这项德政,后来东山保卫战打响时,东山人民踊跃参战,冒着枪林弹雨支援前线,军民共同保卫家园,奠定了东山保卫战取得伟大胜利的群众基础。毛主席接到东山胜利的消息后,高兴地说:'东山战斗不光是东山的胜利,也不光是福建的胜利,这是全国的胜利。'"

高双祥:"毛主席说人民群众是真正的英雄,是历史的创造者。"

高双祥和谷文昌两个人并肩向北望去。蓝天白云,群山起伏,一条瀑布飞流直下。

三十四

【场景：工地某施工点】谷文昌与陆技术员边走边谈着。

谷文昌："陆技术员你是哪儿人呀？"

陆晓山："我是上杭古田镇人，著名的古田会议就在我们镇溪背村与五龙村接合部的廖氏宗祠召开的，初中时我们都去参观过，我们的入团仪式都是在那儿举行的。那祠堂原来是古田历史上的第一所小学。"

谷文昌："是呀，红军在毛主席的指挥下打下所谓的'铁上杭'和漳州，取得了很大的胜利。古田会议是我党和红军建设史上极为重要的会议，从根本上解决了党指挥枪的问题，坚决重申'支部建在连上'，保证党对军队绝对领导的原则。"

谷文昌接着问："你在家是行几？"

陆晓山答道："老大。"

谷文昌："呵，'长子做灶，满子做屎窖'呀。你什么时候请我喝喜酒呀？"

陆晓山："施工紧张，回不去结婚。"

谷文昌："洞房花烛夜，那可是人生四大喜事之一啊！这好办，到工地来，我给你举行一个革命化的婚礼。"看见许医生巡医回来，拉住许医生说道："晓山要结婚了，我想请你具体帮助操办一下，如何？把我的房舍腾出来做新房。"

许医生："天大的好事，这事你们就别操心了，交给我了。"

谷文昌："据我所知，客家人有极富魅力的风俗。客家保留的传统风俗，大多是唐宋时期中原地区移民带来的。你们这儿的婚俗怎么办呀？"

许志云："说亲，送定，报日子和送聘礼，盘嫁妆，接亲，送亲拜堂与吃面碗鸡。结婚宴请宾客俗称喜酒，礼节甚为隆重。其中，女方到男家的客人叫'大客'；男方家要在门前放鞭炮迎接'大客'，人未到，不能开宴。新郎要在母舅的首桌执壶，从母舅开始轮流斟酒。宾客按尊卑、远近、长幼入席，外戚尊，本族卑。厅堂左上为首席，右为次。上座老人，下陪客。"

陆晓山："哎哟，我的妈呀。"

谷文昌："别妈呀，就这么办了。"

【场景：半个月后的工地大食堂里】

客家人特有的婚庆，吹打鼓乐声，居中坐着指挥所的工作人员，周边是闹婚的众民工，晓山亲自邀请总指挥居上席。

谷文昌笑着说："按客家人的风俗应是娘舅坐上席才

对呀。"

大家一拥而上："你就别客气了，今天你既是领导，又是'娘舅'。"

谷文昌："好吧，我宣布婚礼开始，奏乐。向毛主席鞠躬，向大家鞠躬，小两口互鞠一躬。"

谷文昌："哎，晓山，俗话说'山无石不险，水无石不清，室无石不俊，家无石不秀'。这是咱们在山里采集的山中奇石小盆景，送给你们做礼物，祝你们新婚幸福，早生贵子。"

张国英咬着耳朵对新郎说："祝贺你呀，晓山。别紧张，要不要我教你点'实践经验'，啊——哈——"

陆晓山："去你的吧。"推了他一把。

许医生嗔怪道："别不正经。"

林忠诚胳膊下夹一卷红纸，抱着两盆盛开的兰花走进来："陆技术员，我养的兰花开了，送给你们做新婚礼物。另外再送上一幅我写的字，但要等到洞房里闻着花香方能打开看。"

苏长贵羡慕地深深吸了一口气："真香呀，林总什么时候送我一盆。"

林忠诚："好啊，等你也举办婚礼时，我多送你几盆。"他意味深长地瞅了一眼韩榕春，榕春忙躲闪他的眼神，满脸飞红一转身忙别的去了。

林忠诚见状兴致更高，借着喜酒劲，有点"卖弄"道："客家欣赏兰花和养兰花的历史悠久，对兰花有特殊的感情，这是因为中原文化的传入，儒、道、释文化的融合，兰花迎合客家人讲究'儒雅的心态'。"

许志云医生大声嚷嚷着："别儒呀，雅呀的啦，大家快来看晓山他们两口子表演节目吧。"

来宾让两位新人表演节目，黄鸿涛等吊了一块糖，让两人从两边叼着吃，俩人数次吃不着糖，逗得大家哄笑。张国英站在凳子上，逼着新娘给他点烟，新娘够不着，大家起哄，要晓山抱着新娘子给营长点烟，新娘子刚点着火凑到营长叼着的烟卷前，却被营长用鼻子喷出的气吹灭了，新娘子急得满头大汗，新郎却帮不上忙，也是满头大汗，满脸窘相。许医生忙解围。新婚夫妇不停地给来宾们敬茶、敬酒，婚礼的气氛达到高潮。

新布置的工棚贴着大红喜字，一面墙上挂着毛主席像，样板戏宣传画，竹床上有几床崭新的被褥，在红烛光的照耀下，桌上放着两盆盛开的兰花，淡淡的幽香萦绕在屋内，沁人心脾。两人神采飞扬，深情对视着。

他们兴奋地打开林总工程师送的红纸，原来是"室静蘭香"四个楷书大字，在旁边还有用蝇头小楷写的四句古语：芝兰生于深林，不以无人而不芳。君子修道立德，不谓穷困而改节。

陆晓山："林总工程师真有心呀，字写得真好，我们一定要好好珍藏。"

陆晓山："累了一天了，快洗洗早点休息吧。"

新娘："你急什么……你猜猜我给你带来什么？"拿出一个包，卖关子似的又藏在身后："闭上眼睛。"

晓山忙闭上眼睛。

新娘："行了。"待晓山睁开眼睛后发现展现在眼前的是一堆做工精细的绣花鞋垫，有绣着牡丹花的；有绣着小兔子等动物的，他激动地一把把新娘拥抱在胸前，趁势抱起放在床上。

窗外苏长贵等一干人，蹑手蹑脚地俯身前来窗外偷听，只听屋里新娘子"啊！"地一声大叫。

晓山紧张地问道："怎么了？"原来新娘子坐的床沿上被偷偷放了一些松塔，扎得她叫了起来，晓山忙安慰她说："明天一定找他们算账。"两人相视一笑，小心地把床被又整理了一遍，又把床铺仔细检查了两遍，将藏在被褥里的松塔统统清理干净，互相苦笑了一下（这时窗外传来一阵大笑）。

听到窗外有动静，晓山猛地推开窗，端起洗脸水泼了出去，弄得躲在窗外偷听的几个人一身湿，众人嬉笑着跑开了。

许医生喊道："走、走、走，适可而止，明天好上工，好好干活。"

屋内红烛光，大红喜字贴在窗上，还映着一对新人的身影，他们相拥在一起。

三十五

翌日清晨，早起的新婚夫妇，来向总指挥拜谢。

苏长贵看着正在山坡上走来的小夫妇怪声怪气地说："人逢喜事精神爽，看咱技术员走路跟跳舞似的，'爬高山，如履平地呀'，哈哈哈——"

晓山上来擂了他一拳。

苏长贵伸出手向晓山做要东西状："我的鞋垫呢？"

晓山："没你的。"

这时总指挥走出工棚："恭喜，恭喜。我批准你休两天婚假陪陪你夫人。"

新娘子忙上前："总指挥，送你几双鞋垫。"

总指挥拿着鞋垫仔细端详着，赞叹道："真好呀，这简直是艺术品，好一双巧手，晓山你真有福气。这叫我想起战争年代老百姓给我们做了多少军鞋、鞋垫、肩垫啊。好！多谢啦。晓山你一定陪你媳妇好好地玩两天。"

新娘:"不用了,谢谢总指挥,我们一会儿就到工地干活去了。"

谷文昌:"那不中,哪有让新娘子下工地的,这……"

新娘子拦住总指挥的话头:"您就别客气啦,我和晓山是大学同学,我家在南安码头镇,我们那儿也在修田美水库。"

谷文昌:"我知道,听说那工程挺大的。"

新娘:"是的,田美水库是在党中央和周总理的关怀下修建的。"

谷文昌:"噢,有多大规模?"

新娘:"据我所知,田美水库共移民25000多人,动用民工近3万多人,跨南安、永春两县,流域面积1200多平方公里,建成后蓄水量6亿多立方米,集防洪、灌溉、生活用水于一体,是保证泉州、厦门生活的重要水源。我们全家、全镇老小几乎都到水库工地干过活的。"

谷文昌:"嘿呀,好呀,原来是行家里手呀,欢迎你来隆陂水库工地传经送宝。"

晓山正要张嘴说点什么。

"总指挥——"远处传来急促的喊声,忠诚走近说道:"施工在即,但龙潭水坝坝底地质情况不清,地质资料也没有,如不赶快解决,会影响大坝施工进度。"

谷文昌:"如调专业队伍来探测需多长时间?"

林忠诚:"最快也得半个月。"

陆晓山:"总指挥,我的水性好,我下水去探坝址。"

黄鸿涛:"不行,你刚结婚,还是我去吧。"

陆晓山:"别争了,总指挥,就让我们俩一起去吧。"

谷文昌:"可你刚……"

陆晓山:"没什么。"边说边喊道:"快走。"

谷文昌:"国英,做好接应准备,通知伙房准备好酒娘和姜汤,唉,别忘了拿一瓶烧酒来。"

【场景:两名技术员跳入水中探地质情况,新娘焦急等待,坐立不安】

正值深秋,龙潭内水冰冷刺骨,俩人潜入深水中,摸探坝底的地基情况,水面上泛起层层的水泡,岸边的人们紧张地观察着水中的动静。民兵营营长带领长贵等几个人紧张地拉着绳子,谷文昌虽然表面上显得镇静,但从紧捏着香烟颤抖的手看得出他内心的紧张,新娘子紧张地咬着嘴唇,焦虑不安。忽然两人浮出水面换气,又一猛子扎了下去,水面泛起一阵水泡。半晌,水面静止了,营长紧张地喊:"快拉绳子!"这时俩人几乎同时跃出水面,游向岸边,众人拼命地拉着绳子,谷文昌喊道:"快端姜汤!"

在众人的搀扶下的俩人哆哆嗦嗦,嘴唇乌紫,脸色铁青。

陆晓山说道:"总指挥,摸清楚了……"话没说完,就一头晕倒在张营长的怀里,众人手忙脚乱地给他们披上大衣,新娘子急喊着晓山的名字哭出声来。在焦急的呼喊声中,晓山才长长出了一口气,慢慢苏醒过来,喝了一大碗姜汤水,他觉得筋舒体泰,神清意爽,看着众人,他慢慢地坐起来:"没什么,我年轻……"

总指挥激动地握着两人的手,嘴上不停地说着一句话:"好样的,好好休息,好样的……"

晓山:"总指挥,我们俩得赶紧把摸探上来的地质情况整理出来,报林总审核。"

谷文昌(眼含热泪):"好样的,先好好休息,先休息……"

三十六

【场景:工棚会议室里林忠诚正在给青年技术人员和共青团突击队的人讲技术课】

谷文昌从这儿路过,也坐在后排听了起来。

林忠诚(发现了谷文昌)对大家说:"请总指挥给大家讲几句,好不好?"

众人(鼓掌):"好。"

谷文昌:"别,别,别。我哪敢班门弄斧呀。"

韩榕春："总指挥，你就给我们讲几句吧。大家欢迎。"

谷文昌（挠了挠头皮）："嘿……突然袭击呀。说点什么呢，有人说对形势感兴趣的就多讲形势，对政策感兴趣的就多讲政策。对既了解形势又熟悉政策的人来说，就既讲形势又解释政策，同时呢，加点理论上的深度。"

（众人哄笑起来。）

谷文昌："在座的都是年轻人，毛主席说过：'世界是你们的也是我们的。你们年轻人，朝气蓬勃，就像早晨八九点钟的太阳。……'多少杰出的社会科学家和政治家，他们立功建业也大都是在年轻时期。"

大家认真倾听着。

谷文昌："《共产党宣言》发表时，马克思30岁，恩格斯28岁，中共一大召开时，毛泽东同志是28岁。再说，我国历史上许多文人学士，也都是在青春韶华之时就已功成名就。唐代诗人杜甫，7岁学诗，15岁扬名，写出《兵车行》《丽人行》《前出塞》这样的不朽名篇和'朱门酒肉臭，路有冻死骨'这样的警世名句。西汉的贾谊死时32岁，毛主席称赞他的《治安策》是西汉时期最好的政论。王勃在南下探望其父途经南昌时，写下千古名篇《滕王阁序》，后在途中溺水身亡，死时只有27岁。人的思维创造活动的最好年龄，一般是二十几岁到三十几岁，年轻人不但思维敏捷，精力旺盛，而且对知识经验的积累和掌握也最为快捷，又最少包袱敢想敢干，再加上其他的条件，所以，新的创造在青年时期的居多。在任何一个时代，青年都是社会中最富有朝气，最富创造性，最富有开拓精神的群体。希望同志们树立远大的理想和志向，以强烈的事业心和责任感抓住当前青春韶华，精力充沛，知识能力强的有利时机，勤奋刻苦的学习工作，为水库建设做贡献。"

林忠诚、韩榕春带头鼓掌。

受到感染，林忠诚接着讲道："纵观世界科学技术史，许多科学家的重要发现和发明，都是产生于风华正茂，思维敏捷的青年时期。牛顿发明微积分是20多岁，居里夫人发现放射性元素镭是35岁，由此获得诺贝尔奖，爱因斯坦提出相对论时是26岁，提出广义相对论时是36岁；达尔文开始环球航行时是22岁，后来写出了著名的《物种起源》。"

大家听着，思考着。

谷文昌："在座的是共产党员的请举手。"榕春、长贵等几个人举起手。

谷文昌："共青团员请举手。"鸿涛等十几人举起手。

谷文昌："现在我给大家讲一个故事：在古希腊神话中有一个叫安泰的著名英雄。他的母亲是地神盖娅。安泰力大无比，没有哪一个英雄能与他抗衡。为什么他这样有力量呢？因为他只要与大地保持接触，就可以从他的母亲那里获取源源不断的力量。后来对手发现了他这个特点，把安泰跟地面隔开，结果他便被对手杀死。这个故事就是告诉我们，无论是谁，多么强有力，如不能与生育、抚养并把他教育出来的群众保持联系，那最后的结局就两个字——失败。所以，我们党的宗旨就是全心全意为人民服务。你们都看过《钢铁是怎样炼成的》这本书吧。谁能背背保尔·柯察金对人生领悟的那段名言。"

韩榕春站起身，声情并茂地背诵道："人最宝贵的东西是生命，生命属于我们只有一次。一个人的生命应当这样度过：当他回首往事的时候，不因虚度年华而悔恨，也不因碌碌无为而羞耻——这样，在临死的时候，他就能够说：我整个的生命和全部的精力都已献给世界上最壮丽的事业——为人类的解放而斗争。"

大家在谷文昌、林忠诚的带领下，使劲给榕春鼓掌。

谷文昌："你们在施工中坚持听技术课是件大好事，我支持，但学习是个苦差事。'书山有路勤为径，学海无涯苦作舟。'要耐得住寂寞，静得下心神，耐得住诱惑，坐得住冷板凳。著名学者王国维论述治学有三种境界：一是'昨夜西风凋碧树，独上高楼，望尽天涯路'；二是

'衣带渐宽终不悔，为伊消得人憔悴'；三是'众里寻他千百度，蓦然回首，那人却在灯火阑珊处'。我们提倡的学习也要有这三种境界：首先，学习上要有'望尽天涯路'那种志存高远的追求，有耐得住'昨夜西风凋碧树'的清冷和'独上高楼'的寂寞，静下心来通读苦读；其次，学习上要勤奋努力，刻苦钻研舍得付出，百折不挠下真功夫，苦功夫，即使'衣带渐宽'也终不悔，'人憔悴'也心存情愿；最后，学习贵在独立思考，学用结合，学有所悟，学有所得，要在学习和实践中'众里寻他千百度'最终'蓦然回首''在灯火阑珊处'领悟真谛。"

林忠诚："然而，就多数人来说，悟比勤更难，'衣带渐宽终不悔'还比较容易做到，而'蓦然回首，那人却在灯火阑珊处'却不是人人都能达到的境界。有人读书不可谓不多，治学不可谓不严，但皓首穷经终身无所创见，无所突破，原因就在缺一点'悟'上。"

谷文昌："关键就在一个'悟'字上。"

大家都入神地听着，静静地回味着，思考着。

三十七

暴雨，树木在怒吼的狂风急雨中狂舞着——

三十八

【场景：隧道抢险】

黄鸿涛冲进指挥部："总指挥，隧道出现塌方了！"

谷文昌："啊，快走！"顺手抓起一包口罩，冲了出去。

谷文昌来到了隧道前，疾步走进洞口，弯腰来到潮湿的工作面。

洞顶泥土、石块哗哗往下掉，粉尘弥漫，灯忽明忽暗，地下积满了水。

谷文昌大喊着："大家注意安全。"一边喊着一边把口罩分给大家。

张国英："总指挥，你赶紧出去，这儿有我。"边说边往外拉他。

谷文昌摆脱了营长的手："你们在这儿，我往哪里去？"

张国英："咳。"一跺脚喊道："那你站这儿不要动。"

张营长等抱着坑柱顶上去，众民工、技术员拼死抢险，使险情缓解。谷文昌擦了擦汗，刚松一口气，只听洞外又呼喊起来。急忙跑出洞，见溢洪道施工工作面上的众民工焦急地用手扒着塌下的"神仙土"。

谷文昌:"怎么回事?"

陆晓山急切地说道:"因下大雨,溢洪道的坡上土塌下来了,老张被砸在了下边。"

谷文昌:"快救人。"以极快的速度冲到现场,拨开人群,看着刚被扒出来躺在地上在痛苦抽搐着的老张,一下抱起他,一边跑,一边呼喊着他的名字,向工地医疗站冲去。

谷文昌:"快,医生一定要救活他。"

医疗站全力抢救的场景,但无力回天,许医生对总指挥无奈地摇摇头。医务人员用被单罩住了老张的脸。

泪如泉涌的民兵营营长、连长,技术员、卫生员和众民工都默默地流着泪。

三十九

【翌日,几千人参加的追悼大会现场(低沉的音乐声)】

天空依然黑云低沉,天色阴郁、沉闷,给人一种窒息的感觉,民工自发追悼的场景。指挥部献的花圈、挽联摆放在一旁,指挥所的成员站列在前排。一阵默哀。

谷文昌擦了擦泪水(沙哑的嗓音):"要奋斗就会有

牺牲。我们一定要尽快修好水库，为山区人民造福，让老张安息。"紧紧地握着老张家属的手哽咽地说："有什么困难一定提出来，……一定要按客家的风俗把老张安葬好。"说着从口袋里掏出一沓钱塞进老张家属的手里："这是指挥部全体同志的一点心意。"转过身对苏长贵道："苏连长，派人把老张的遗体送回家。"苏长贵回应道："老张家里的人说把老张安葬在能看到水库的山坡上。"谷文昌感动地说："老张每天早上起来就做施工前的准备，并把厕所卫生搞好，我表扬他，他就一笑：'没什么，都是为了给大家搞好后勤工作解决后顾之忧，让大家尽早建好水库。'"说着又安慰着老张的家属。

大家目送着苏长贵等人护送老张的遗体和家人远去。

四十

【场景：村里驻地】

史英萍在家忙乎着，把一大堆旧衣服撕成布条，剪成块，和了一大盆玉米加糯米糊糊，先在几块板子上，还有小饭桌上糊上一层报纸，然后把布条、块均匀地糊在板子上，用小笤帚刷平后，搬到院内太阳底下晾晒。她忙得不亦乐乎，额头沁出汗珠。

支书陈忠仁的夫人推着一辆车，车上放着几个布袋，路过:"忙什么呢?"

史英萍:"糊袼褙。你这是去哪儿?"

支书夫人:"到队部去,给工地准备了一些白薯粉皮片、花生、薏米。糊这么多干什么用啊?"

史英萍:"做鞋底、鞋帮用。老谷爱穿布鞋,工地干活废鞋,我在家多做一些布鞋给老谷他们穿。"说完继续忙了起来。

支书夫人:"回头我多给你送一些纳鞋底的线来。"

史英萍刚要说什么,只见几个孩子哭着跑了过来。

史英萍迎上去问道:"怎么啦,怎么啦,出什么事啦,是不是又淘气打架啦。"

孩子:"不是。"哭着回道:"是蜂给蜇着了。"

史英萍看这孩子胳膊、脖子上有几个大红肿包,她一把抱住孩子,毫不犹豫地用嘴对准红包处给孩子用力吮吸,吸出一口,吐一口,然后用肥皂水清洗蜇咬处。过了好一会儿,红肿退下去了,好像感觉不那么疼了,孩子才不哭了。

支书夫人佯怒:"半大孩子,三天不打,上房揭瓦,淘得没边了去捅蜂窝,怎么人家没蜇着,就蜇你呀?"

"他们用箩筐盖住,我慢了点。"男孩抽噎道。

支书夫人嗔怪道:"唉,你可真行,说你什么好!"

孩子抽搭着一再鞠躬致谢。

史英萍叮嘱孩子们："回家以后要小心点呀，别再捅蜂窝了。"

支书夫人夸奖道："看不出来，你还真有办法。"

史英萍："老谷教的，跟一个老中医学的土办法。"

史英萍："老大姐您什么时候得空，我们家那口子让我去跟您学如何做擂茶，好给他解馋。"

支书夫人回应道："欢迎，欢迎，什么时候都可以。我先去送货，回头咱们姐儿俩再聊。"

支书夫人奋力拉着车向队部走去。史英萍擦擦汗水，又继续糊格褙。

四十一

【场景：工地一山坡前】

秋季，公社仲书记来到工地送给养，老支书同行，在一座山坡前碰到了正在看着山上树林出神的总指挥。

两人喊道："老谷，总指挥。"

谷文昌：（拱手作揖）"不知两位大人驾到，有失远迎，老谷这厢有礼了。"

仲全德揶揄道："别拿我们开心了，我们俩这'八品''九品'的官哪有驾到的？我们是驾着牛车来到的。向总指挥交令来了。"

三人：（大笑）哈哈……

谷文昌："我们可是在贵大人地盘上施工，当然叫你大人了，岂敢有大不敬之理？"

看着书记与总指挥调侃的老支书忙插话："老谷给你报个喜呀，我们按照你建议的'包工分'做法，合理密植，大搞绿肥，大积农家肥，合理施肥，今年稻子亩产千斤呀，大家给你起了个外号，叫'谷满仓'。"

谷文昌：（故作严肃状）"这是群众的创造，我可什么也没说呀。"

陈忠仁：（感叹道）"过去出工拼命喊，出工不出力。一包工分，那种'出工一窝蜂，干活磨洋工'的现象没有了。"

仲全德：（好像突然想起了什么）"没说什么？老谷，你当初白纸黑字写的建议书，那可是有洋洋洒洒几大张纸啊，怎么能说什么都没说呢？不说老实话，一定要严肃处理。"仲全德拿腔拿调，故做教训状。

"是、是、是，我一定深刻检讨，争取从宽处理。"说着三人忍不住开怀大笑起来，许久他们没有这样舒心释怀了。

谷文昌："走，走，走，回指挥部，我请你俩喝酒娘。"

陈忠仁："我就不去了，我去看看村里的乡亲们。"

赶着牛车走了。

仲全德：（突然问）"你刚才站在这儿看什么呢？看你那么出神。"

谷文昌："我在想，看看能不能少砍一些树和竹子，少破坏一点植被，这样可以减少水土流失，减少水库淤积，让水库多发挥几年效益。"

仲全德："是啊，农民靠山吃山，树木成活也不容易，如果谁种谁受益就好了。"

谷文昌："绿化祖国，这是毛主席的号召，多种树，种、养、伐一条线，能不能也试试'包工分'的办法？"

仲书记：（沉吟一下，拍了拍双手）"只要有利于老百姓，豁出去这职务不要。"

谷文昌："那我是主谋，一个不安分守己的'走资派'。"

仲全德："只干不说，等水库完工，请老支书他们村先试试。"

他们仰起头看着大片山村，憧憬着未来。这时天又下起雨来，两人相视一笑，急忙钻进了一个四面没围挡的工棚。

仲全德想起了什么，问道："听说当年东山县一下雨，大家都往外跑种树，是怎么回事呀？"

谷文昌："唉，东山那时沙多、树少，老百姓可苦了……"

四十二

【闪回　东山】

【旁白】新中国成立前，东山岛风沙肆虐，有的村土地寸草不生，狂风一刮，黄沙飞扬，淹田埋屋，百姓苦不堪言……

【场景】解放初期，狂风肆虐，黄沙漫天，土地被茫茫黄沙层层掩埋，一群百姓背井离乡的场景，风沙中，人被刮得东倒西歪，双眼睁不开。

毒毒的太阳下，沙滩如蒸笼一般。沙丘上蒸腾的热浪里，影影绰绰有几个人影。沙丘窝里戴着护镜的谷文昌和林木技术员观察着几株活着的木麻黄树苗。

王叔阳【字幕：东山县林业技术员王叔阳】惊喜地喊道："活了，活了，终于活了。"

几人孩子般地欢呼雀跃起来。

王叔阳："就这几棵活了，呸、呸。"一边吐嘴里的沙尘，一边激动地说着。

"呸——"谷文昌：（一边掏耳朵，一边吐沙子，孩子般地笑着）"活了好，活了好，活了这几棵树，就能种活一片，就能绿化全东山，就能治住风沙。你选来的这个树苗好。我们以前种树忽略了一个重要因素：木麻黄喜水。嘿……这一回非得让老彭头拿大顶不可，谁让他说只要我老谷种活树，他就头朝下来着，哈——哈——哈——"

几个人深一脚浅一脚地向外走着。

谷文昌："大勇，赶紧回县委报喜信，王技术员写个书面报告，好在全县推广。"

谷文昌：（怀着狂喜的心情，坐在通讯员的自行车后架子上催促）"快、快、快，回去开常委会，通知部队朱团长参加。回去马上告诉办公室主任，搞一个布置大规模种树治沙子的方案。"

通讯员："好的。"

【场景：东山县委门口布告栏】

一大群人围在县委门口，看贴出一张大布告。

一干部模样的人：（大声念道）"东山县植树造林管理办法：国造国有，社造社有，房前屋后，个人所有。集体种植实行包工、包产、包成本、包质量，同工同酬。一亩以上的育苗地免除粮食征购任务。"

众人窃窃私语，脸上露出了喜悦的笑容。

县有线广播："同志们请注意，同志们请注意，气象台通知明天清晨有雨，原订植树计划不变，请大家做好防雨准备。"

许多人在街口大喇叭前也站着,群众在听,部队、学校也在听着广播。

第二天清晨天还黑乎乎的,天空下起了大雨,县委机关大院、大街口都人声鼎沸,只见一队人,里面有干部、战士、学生、工人,队伍向海滩走去。各村镇的村民也都向海滩集结。海滩上人山人海,人流如梭,雨和着风抽打着人们的脸,大家全然不顾。部队、学生的方阵里率先飘来了歌声,村民植树队里传来的号子声和县广播站同志的宣传鼓动声汇成一片。书记举手挥舞锄头,奋力刨坑,脸上的汗水与雨水交融,县委一班人干得更欢了。天亮了,雨还下着,放眼望去,沙滩上红旗招展,一片人海……

【旁白】东山人民在县委领导下,经三年苦战在海滩沙丘上种植了175条防护林带,林带长达150多公里,筑起了一道道绿色的屏障,做到了"举首不见石天山,下看不见飞沙滩,上路不被太阳晒,树林里面找村庄。"

镜头闪转,港口渔舟穿梭,山上、沙丘上郁郁葱葱,果园里荔枝、龙眼等挂满枝头,丰收在望,百姓喜气洋洋……

四十三

【闪回　水库工地工棚】

谷文昌："所以保持水土就得保护树木，能保一棵就保一棵，十年育树，百年育人，就是这个道理。当年东山种树的政策你们公社不行也试试，但是要有勇气的。"

仲全德："还是那句话，只要对老百姓有利我就干，丢官回家植树种地就是了。"

俩人不由自主地将手紧紧握在了一起。

四十四

【场景】指挥部工程技术部，日历上显示着日期是12月26日，几名技术员在忙碌着。谷文昌推门进来。一进来，发现几个人都对着他笑嘻嘻的，他有些发愣，以为身上沾了什么东西，赶紧上下打量整理一番，但抬起头发现大家笑得更厉害了，林副指挥更是一脸"坏笑"。

谷文昌道："你们有毛病啊。小黄，怎么回事？"

黄鸿涛环视众人，大家三缄其口，只笑不语。

林忠诚落座在桌前，跷起二郎腿，不疾不徐地递过一沓稿纸："你自己看看吧。"

谷文昌赶紧接过来翻开一看《调整施工方案，科学安排工序，争取在明年雨季前大坝合龙的建议》，他一把握住林总工程师的手。

林忠诚：（叫着跳了起来）"哎哟，你别使劲呀。"

谷文昌：（又使劲握了两下）"好啊！好啊！"

大家齐学舌道："好啊！好啊！"一起开怀大笑起来。

谷文昌：（笑道）"好家伙，可以缩短工期一年，这得节约多少资金，多少劳力啊，老百姓也能早受益了。我要给你们技术部全体同志请功！"

谷文昌：（抓起电话，要县委双祥书记）"喂，双祥书记吗？忠诚他们计算出来了，如果调整施工方案，科学施工，在明年雨季前大坝合龙是可行的，这样做工期可以缩短一年呀！"

（镜头切换到书记接电话画面）高双祥："好呀，给老林他们记功。"

谷文昌："高书记，如果你同意，我马上召开指挥部会议，号召全体民工在工地上过春节。"

高双祥：（电话声）"好，我同意，但要组织好大家的节日生活，我和县革委史主任，组织慰问团去慰问大家。"

（书记接电话的画面隐去）谷文昌：（河南腔）"那就太好了，今天那就是双喜临门了。"

四十五

【场景：指挥部会议室】

谷文昌："春节就要到了，县委决定，施工不能停，让我们务必安排好春节期间民工的生活，我的意见，春节放假一天，组织各连队搞比赛，按照客家人的风俗组织扭秧歌，舞狮子，搞联欢，搞得热热闹闹的，各营连不拘形式，只要能活跃气氛，什么形式都行。另外，告诉大家一个好消息，高书记、史主任带县慰问团年三十来工地慰问演出，一定要组织好。"

大家热烈鼓掌。

谷文昌：（又特别嘱咐陈副指挥）"准备好客家音乐小合奏，要多宰杀几头猪，慰问团来要接待好，要多准备点酒娘，让大家多喝几杯。"

陈副指挥："没问题。"

四十六

大年三十：各营连组织的拔河比赛，拉扁担比赛，推土石方接力比赛，砌石块比赛，一片热闹的景象。

四十七

慰问团车队缓缓驶来,工地工人热烈欢迎。县领导下车与指挥所成员握手拜年。舞狮队,秧歌队(主要是铁姑娘队队员),路两旁的民工热烈鼓掌,谷文昌带头大家齐声喊道:"欢迎慰问团……"

高双祥:"王部长一定要把慰问品发到每一个民工手里。"

王部长:"是!"

四十八

【场景】联欢会场面:一个用竹板搭起的演出台,舞台横架上百鸟花样的灯饰装点着舞台,慰问团演样板戏《智取威虎山》、折子戏《自己队伍来到眼前》。民工演了样板戏《沙家浜》,折子戏《智斗》(张营长、陆技术员、许医生分别饰演胡传魁、刁德一、阿庆嫂)。忠诚率一干技术人员,用泉州提线木偶表演了现代样板戏《龙江颂》折子戏。榕春与长贵以客家"九连环"的形式且歌且舞地表演着工地上的好人好事。看着台上的表演,台下高书记、史主任、谷文昌与观众不断地热烈鼓掌。

慰问团合唱队唱起《长征组歌》"战士双脚走天下……"

主持人榕春：（来到谷文昌面前）"总指挥，春节到了，我们提议官兵同乐，现在我们欢迎高书记和总指挥与我们一起唱《长征组歌》红军不怕远征难，好不好？"

台上台下一齐欢呼"好！"

高双祥：（指指谷文昌）"这准是你要出我的洋相。"

谷文昌：（狡猾地笑了笑）"群众呼声呀！"

在热烈掌声中高书记、史主任与谷文昌走到台前。

高双祥："每逢佳节倍思亲，今天我们来给大家拜年（敬礼）。"谷文昌带头鼓掌。

高双祥：（深情地）"在那如火如荼的年代里，宁化这块红色的土地上孕育产生了英勇顽强，百折不挠，不怕牺牲，敢于胜利的精神和自力更生、艰苦奋斗，顾全大局的苏区精神，今天我们就要继承和发扬这种精神，尽早建好水库，造福苏区人民。"

韩榕春：（领着喊口号）"自力更生，艰苦奋斗，建好水库，造福人民。"

高双祥：（深情地领头唱）"红军不怕远征难，万水千山只等闲。五岭逶迤腾细浪，乌蒙磅礴走泥丸。金沙水拍云崖暖，大渡桥横铁索寒……"

指挥台上台下一起唱："更喜岷山千里雪，三军过后尽开颜。"

激昂的歌声响彻群山，冲上云天。

四十九

工地食堂热气腾腾，大家忙里忙外，包饺子，煮饺子，长贵用一双筷子串了四个馒头，边吃边等往工地送饺子。

谷文昌：（走进食堂喊）"苏连长。"

苏长贵：（立正答道）"有！"

谷文昌："一定要把饺子送到工地给还在干活的同志，可以喝几杯自酿家酒。"

苏长贵："好嘞。"（学《智取威虎山》中杨子荣的台词）"是不是把放哨的弟兄们叫回来多喝几杯呀？"

谷文昌："别贫嘴了，别忘了准备晚上放的鞭炮。"

苏长贵：（学杨子荣）"本总执勤官宣布，棚里大汽灯，工地开探照灯，工作面点火把，放炮，给大家拜年了。"

谷文昌："你呀你，快去吧。"

苏长贵："得令啊。"（转身急去）

深夜，工地上一片光明，各工地工棚一片欢声笑语，鞭炮声在山谷中震荡回响着，谷文昌和高书记等在指挥部门口互相告别。

高双祥："等你们的好消息，再见。"（坐上吉普车离去）

天上飘起了雪花。

谷文昌：（自言自语）"八月十五云遮月，正月十五雪打灯。瑞雪兆丰年哪。"

雪越下越大，整个工地笼罩在雪夜之中。

五十

【场景：清晨雪后的水库工地】

韩榕春向工地急急赶来，脸冻得通红，远远望去，只见工地正有人在扫雪，走近后原来是总指挥。

韩榕春："早呀，总指挥。这么早您就出来扫雪啊？"

谷文昌："你也早呀。我想先打扫一下，以便大家好干活，打石方呀。"

韩榕春："我来，我来。"

谷文昌："好，你扫雪，我先打几块。"

韩榕春：（惊奇地问）"你会打石料？"

谷文昌："我在家乡当过几天石匠。"（说着拿出随身带的工具包）"'工欲善其事，必先利其器。'锤子、铁钎我什么都有。"（说着找了块石方就叮当叮当干了起来）

韩榕春：（看愣了）"嘿，真有你的。"这时许多男女民工都围了过来。

韩榕春："都别看了，咱们来个比赛，看谁打得快。"

嗷一声，大家散开找准位置干了起来。看着大家热火朝天地干着，谷文昌高兴得笑了，他起来一转身发现一个小男孩在不远处玩石子。

谷文昌："咦，这是谁把孩子带到工地来了？"

谷文昌来到孩子跟前，见这孩子戴一顶"狮头帽"，一件"肚搭子"围在腹部，脖子上套一裪子，肩披一圆形披肩，外罩一件黑色的"网衣"，"网衣"下沿缝了一些铜钱，孩子一动叮当作响，脚穿一双"虎头鞋"，鞋面绣花鞋前端翘起。

谷文昌：（和蔼地问）"你叫什么名字？跟谁来的呀？妈妈在哪儿？"

韩榕春："他叫张仁和，乡亲们都叫他和伢子（凄凉的二胡声慢慢响起），这个孩子他妈前几天去世了，为了不耽误工期，他爸安排完孩子妈后事，就背着孩子到工地来了。唉，真不容易，既当爹又当妈，好在还有我们大伙照应着，他身上穿戴的都是乡亲们给操持的。"

谷文昌：（一把搂过孩子）"他家没别人吗？"

韩榕春：（边堆石方边答）"为修建水库没人管，水库一开工，他哥哥和他爸就一起来了。"

谷文昌:"孩子住哪儿?"

韩榕春:"就住工棚的通铺上。"

谷文昌的眼睛湿润了,他深情地看看孩子,搓着他那冻红的小手,擦去他的鼻涕,摘下自己的围巾围在孩子的脖子上,把孩子抱起来。

谷文昌:"他爸爸在哪儿?"

孩子父亲:"我在这儿,总指挥。"

父子俩正抬一块石料走过来。看着总指挥抱着孩子疾步走过来,爷儿俩显得忐忑不安,谷文昌走到孩子父亲跟前,一把抓住他的手,话没说出口,眼泪先下来了,他把孩子放下来,上前拍了拍孩子哥哥的肩膀,没说什么,抢过孩子哥哥的杠子头就和孩子父亲抬着石头一起向打石场走去,围过来的众乡亲一句话也没有说,大家回到自己的工作面,拼命干起活来。

(二胡曲渐快)孩子大眼睛看着热火朝天的劳动场面,听着震彻山谷的夯歌号子。拿起地上的铁钎自个儿在玩,敲打着石头,看着如火如荼的工地……

【旁白】榜样的力量是无穷的,这一切给这个孩子留下了刻骨铭心的烙印。多年后,这个孩子成长为一名共产党员,担任村党支部书记12年,他牢记党的宗旨,继承和发扬优良传统,带领组织全村干部群众,用自己的双手,靠勤劳和智慧发展经济,使贫困的山村发生了重大的变化。而他年仅38岁，却因公殉职。他以自己的实际行动谱写了红土地上一曲壮丽的篇章（激昂的二胡组曲和山谷中的劳动声交汇成一片）。

回到指挥部，谷文昌仍然心绪难平，多好的老区人民呀。嘱咐工作人员告诉厨房，给孩子做点好吃的。

五十一

【场景：村里驻地】

史英萍：（正对着来探亲的新婚儿子涌泉和儿媳妇惠芳说）"嫁到我们家委屈你了，可你公公却在水库工地上，春节也回不了家，这样吧，涌泉，你们俩和秀秀给你爸爸送饺子去吧。"

五十二

【场景：施工工地】

三人来到工地，望着忙忙碌碌的人潮，不知道去哪儿找父亲，秀秀用棉衣捂着饭缸，趔趔趄趄地走着正要上前问路，只见两个人抬着石头顺坡走上来。

秀秀：（忙上前问）"请问……"

秀秀愣住了，迎面走来的正是父亲，只见他一手扛一根竹竿和一个民工抬着一块条石走来。

秀秀、涌泉、惠芳：（一起喊道）"爸爸。"谷文昌正咬紧牙关用力抬着石头，顾不上回答。儿子、儿媳，上前扶住他，只见他浑身上下沾满了泥浆，满脸汗水。望着大口大口喘着气和疲惫的父亲，孩子们不禁流下了眼泪。休息了一会儿，谷文昌挤出笑容。谷文昌："这是干什么？我只想和伙计们比试比试。"

涌泉："年龄不饶人啊，得悠着点儿。"（涌泉拉过惠芳）"这是惠芳，您的儿媳妇。"

惠芳：（甜甜地叫着）"爸。"

谷文昌：（慈祥地看着惠芳）"哎，好，好，好。"

惠芳："爸，这是我妈包的饺子，叫我们给你送来。"

秀秀含着眼泪，把怀里盛饺子的大茶缸拿了出来。饺子都凉了，谷文昌擦了擦汗，伸手抓起一个放进嘴里。谷文昌："好吃，好吃。涌泉呀，你既然来了就干点活吧。"

涌泉："好嘞。"接过抬条石的木杠和青年民工抬起条石向山上奋力走去。

惠芳："秀秀，我们到爸住的地方，帮着收拾收拾。"

谷文昌："好，你们去吧。"谷文昌指了指指挥部方向，姑嫂挽着手，向指挥部走去。看着孩子们的背影，谷文昌欣慰地笑了，转身又向工地深处走去。

五十三

【场景：工地指挥部】

伙房屋顶上的袅袅炊烟，工棚每扇门不时走出民工，伙房后傍山散养的活蹦乱跳的鸡鸭、悠悠走动的牛羊，阳光照耀下的整个工地。

黄鸿涛：（伸伸懒腰，打了一个大大的哈欠）："咳，春困秋乏夏打盹，睡不醒的冬三月。"

谷文昌从外面走了进来。

黄鸿涛："总指挥，一大早又去工地了？"

"是呀。"谷文昌一边答道一边看着日历，既是自言自语又像是对黄鸿涛说。

谷文昌："今天是二十四节气春分日喽，一个节气有三候，一候为五天，春分后十五日为清明，是民间祭拜先人的时节。常言道'清明断雪，谷雨断霜''清明前后，种瓜点豆'。"（沉思一会转身对鸿涛）："春分过后就要到清明节喽，五礼之首是祭拜之礼，你通知各营连，五天之后，轮换安排乡亲们回家扫墓，并顺便在自己的房前屋后种些瓜菜，以到夏秋，贴补家用。"

黄鸿涛："是。"走出门发通知去了。

陆晓山双手捂着肚子从门外进来，疼得脸上渗出豆大的汗珠。

谷文昌：（关心地问）"怎么啦，这是？"

陆晓山：（低声呻吟）"可能是肚子着凉了。"

谷文昌："是不是吃啥东西不合适了？我一再强调，在工地一定菜要煮熟，水要煮沸嘛。"

陆晓山："我也说不清楚。"

谷文昌："快躺下，我给你按摩按摩，没有找志云医生看看呀？"

陆晓山："她去县城取药去了，不在工地。"

谷文昌：（在晓山腹部用力按下又猛抬手）"这儿疼不疼？"

陆晓山："不疼，就是觉得肚子胀，有气乱窜着疼。"

谷文昌："你这十有八九是胃寒着凉引起的，我有一个土法子试试看。"

谷文昌用大号玻璃杯装满热水，用口罩纱布包住杯的底部，撩起晓山的上衣，解开腰带，对准其肚脐部位将热杯慢慢地沿肚脐顺时针方向旋转着下压一定程度又猛然抬起，然后沿肚脐逆时针方向慢慢旋转下压又猛然抬起，往复约三十余次。

谷文昌："感觉如何？"

陆晓山："只觉有股热流往肚子这渗透，舒服多了，不那么疼了。"又过一会儿,晓山放了一串响屁后就坐了起来。

谷文昌:"这就是着凉了,幸亏不是阑尾炎,年轻人要注意足热头寒,不可贪凉哟。"

陆晓山:(连连点头)"总指挥,您真有办法。"

谷文昌:"这是一个老中医教给我的,战争年代缺医少药,我们经常这么用。好啦,喝一杯热茶去忙吧。"

五十四

【场景:工地指挥部】

谷文昌坐在小椅子上,似乎怕冷,缩成一团,双手托着下巴,前倾身子,微抬起头,望着墙上的工程进度表和水库蓝图出神。

工地指挥部里只有总指挥和广播员两个人,室外下着雨,风一阵紧似一阵。只见谷文昌用盛满热水的大号军用搪瓷缸子,来回熏蒸自己的鼻子、眼睛和脸部,边熏蒸边嘟囔着:"土法熏蒸通经络,自古有之,是治感冒综合症状的好法子呀,老中医教的,通窍……"熏蒸了一会儿又不停地按摩着鼻腔两侧,不停咳嗽着。许医生和林副指挥走进来。

林忠诚:(关心地)"你都发烧两天了,先去休息休息吧，这儿我守着。"

总指挥有些无气力，摆摆手，接过许医生端过的水，拿起桌上的药，仰脖吞了下去。

谷文昌："没关系，吃点药就行，大坝要合龙，天气又不好，我怎么能放心得下。"

外面天空传来闷雷的声音。

林忠诚："可你……"

话没落音，电话急炸炸地响了起来，林副指挥拿起电话听了两句，脸色一下骤变。

林忠态："什么，再说一遍，好，好，好，我们马上做好准备。"（没放下电话就急喊）"接县气象台通知，山区正在下暴雨，可能形成山洪，要我们务必做好防洪准备，气象台正向县委做紧急报告。"

窗外，刺眼的闪电令人炫目，伴随着隆隆的炸雷，总指挥脸色铁青，扶着桌子急速起身，快步走到墙边，披上雨衣。

谷文昌："立即通知全体共产党员、共青团员和全体民工，严防死守，一定保证大坝安全合龙，林副指挥，你留下值班，有什么情况赶紧向我报告。"

林忠诚："不，你留下，你在发高烧。"

谷文昌："别争了，我是总指挥。"（说完率先奔出门去）

这时倾盆大雨而至，电闪雷鸣。

大坝工地一片大战在即的气氛，机械在吼叫，人们在奔跑，并把土石方不断向合龙口倾倒，广播里反复播放着歌曲："下定决心，不怕牺牲，排除万难，去争取胜利。"总指挥一手拄着竹棍，一手持喇叭喊着，鼓励着大家。合龙口一点点地在缩小。突然陆技术员、张营长跑来报告。

陆晓山、张国英："不好了，总指挥，围堰漏水了，8台抽水机坏了6台，急死人啦。"

一声炸雷，闪电光映射着总指挥苍白的脸，他从牙缝里挤出两个字："抢修。"边说边要脱衣服。营长一把制止他的举动，二话没说带领一些小伙子，转身跳入水中，苏连长和几个小伙子也跳下去努力把潜水管压下去，但一次次的努力都失败了。

谷文昌：（喘息着，焦急地喊道）"晓山，你赶紧去给县委双祥书记打电话，报告情况，请求紧急支援，保证大坝合龙，否则，后果不堪设想，快去。"

五十五

【场景：宁化县县委】

县委双祥书记接完电话，表情严峻，放下电话，（对办公室主任)："命令！全力支援水库。"

风雨中，双祥书记和史主任率领下的救援车队在疾驶着，车上装满了抽水设备，部队战士、干部整装待发。

书记、主任焦急地催促司机加快速度。司机满头大汗，紧张地望着前方，道险雨急中，汽车灯光直刺前方。

五十六

突然车队不动了。

高双祥：（恼怒道）"怎么回事。"

办公室主任：（跑过来报告）"道路泥泞，山道太窄，运抽水设备的车上不去了。"

没有任何犹豫，双祥书记只说一个字："抬。"说着和史主任冒雨向前走去。

五十七

大坝上紧张的气氛让人窒息，合龙口已有部分塌陷下去了，水位在不断上升，洪水不断地涌来。

谷文昌：（问陆晓山）"救援支队到了没有？"

陆晓山："已经出发了，高书记、史主任带着100多人来了。"

谷文昌：（焦急地）"怎么还没到呢？"

林忠诚：（跑来）"总指挥，水流太急，潜水管放不下，再这样下去大坝可就要塌了！"

电闪雷鸣暴雨中，谷文昌脑海里闪现坝毁人亡的惨景。

谷文昌：（转过身爬上机械的车门，声嘶力竭地喊道）"同志们，共产党员们，共青团员们，考验我们的时刻到了，现在我号召党、团员组成突击队，跳下水，组成人墙，缓解水流，放下潜水管，坚持到援兵的到来。同志们，我们要用生命保护咱们的大坝。"

喊完后，谷文昌跳下车，要带头跳下水。

林忠诚：（一把死死地拉住了谷文昌，凶神恶煞般地吼着）"你不能下去！你是总指挥！"

晓山、榕春、长贵、鸿涛等众人纷纷跳入急流中，大家在汹涌的水流中迅速组成人墙，拼命抵住湍急洪水的冲击，尽管被水冲得东倒西歪，但大家手挽手高喊着："下定决心，不怕牺牲……"突然，榕春被浪卷走，长贵奋力击水，把她拉了回来。那边张营长等一些精壮小伙子拼命地一次又一次地潜入水中安装潜水管。看着这气壮山河的搏击情景，总指挥眼里流淌出滚滚热泪，他奋力在岸边手持喇叭大力鼓励着大家。突然，他看见大坝尽头上出现手电筒的光亮,在雷鸣闪电中一队人马正向大坝奔来。

谷文昌:"同志们,高书记率援军赶来了。再加把劲,坚持,要坚持住,一定要保护大坝!"

赶到的书记、主任顾不上说话就投入堵口子的战斗中去了。赶来的干部、战士纷纷跳入水中,又组成了一道人墙,一些人忙着安装运来的抽水设备。

电闪雷鸣,狂风暴雨中,坝上、坝下,水中,全体干群在疾风苦雨的黑夜中与天斗、与洪水斗,口号声、打桩声、机械声、呼喊声汇成一片,震天撼地。

大坝终于保住了,大坝终于合龙了,滚雷似的欢呼声此起彼伏,五颜六色的旗帜被拼命挥舞,无数双跳跃的脚涌向大坝,一张张流淌着汗水的脸在灯光的映照下纵情欢笑,整个工地几乎沸腾了。大家在雨中欢呼击掌相庆。高书记与总指挥握手拥抱互相祝贺着。

五十八

雨后的群山,云雾在山涧翻滚,形成颇为壮观的云海。山上山下的农田和山下山中的农居点的墙瓦时隐时现。农田中的庄稼在薄雾中显现出或深或浅的颜色。群山环抱着水库，碧波荡漾，山清水秀，总指挥与林忠诚二人在晚霞中的水库边漫步，一边走一边交谈着，喜悦之情溢于言表。突然两人不约而同地捡了几块石片俯身往水中撇去，只见清清的水面上泛起串串涟漪，在两人的欢笑声中谷文昌望着一望无际的水面。

谷文昌："上善若水，有容乃大，大道至简……"

林忠诚："不忘初心，方得始终。"

老谷拍拍忠诚的肩膀。两人意犹未尽，拾阶登上坝顶走过大坝，又向东山岭爬去。登上山顶，夕阳还未落山。望着即将落山的夕阳，忠诚不禁脱口而出一首李商隐的诗。

林忠诚："向晚意不适，驱车登古原，夕阳无限好，只是近黄昏。"

谷文昌："咬定青山不放松，立根原在破岩中。千磨万击还坚劲，任尔东西南北风。"

林忠诚：（从上衣袋里掏出一张纸）"老谷我作了一首词，送给您做纪念，请赐教。"

谷文昌打开只见工整的蝇头小楷：

《忆秦娥·永恋》

春意暖，

相逢几载恨时短。

恨时短，

留情心切，别意永恋。

隆陂化谊君归去，

宁化倾情盼君还。

盼君还，

赤血涌潮，心切如澜。

谷文昌："好词，好词，谢谢，我一定好好珍藏。"

忠诚随即满怀激情，面对群山大声又朗诵了一遍，激昂深情的声音在大山深处引起阵阵回音。望着朝夕相处的好同志、好同事、好朋友林忠诚的背影，老谷的眼睛湿润起来。

林忠诚：（卷起烟，略显惆怅）"人生太短暂了，我已是中年人了。只可惜没能用学到的知识，为这儿的百姓和老区的建设多干点事。二期近80公里支水渠等配套工程就要开工了，不知以后还有没有机会，在你领导下再干一项工程。"

谷文昌：（感激地握住林忠诚的手）"是啊，人生苦短呀，即便是人活百年也只不过是历史长河中的匆匆过客而已。我已接到省委的通知，要我到省委党校报到。这就交给你们了，等水库蓄满了水，我再回来看看。"

林忠诚："等水库完全竣工，山区老百姓的日子会好一点。这里的老百姓做梦都想过上好日子呀。"

谷文昌："乐人民之所乐，痛人民之所痛，是我们应尽的职责。"【歌曲《梦圆》曲调响起】："我们共产党打天下，坐江山，为的就是为百姓造福，圆百姓过好日子之梦。而我们这些人必须为圆百姓这个梦而勤奋工作，只要圆好这个梦，国家的前途、人民的生活就会越来越好。把百姓的喜怒哀乐、酸甜苦辣、所思所想放在心里，心系百姓，做他们中的一员，生活在他们中间，站在他们的立场上说话。不管官有多大，不管走到哪里，也不能忘记自己的衣食父母——老百姓。"

两人并肩站在山头，望着火一样的夕阳和壮丽山河，心潮澎湃。一群大雁在水库上空飞翔，远处山村炊烟又起。

五十九

女生深情唱道【歌曲梦圆词】："又见袅袅炊烟，又见群群飞雁，你播撒一路春风，只为百姓圆梦。又见如虹长堤，又见如黛青山，你抛却一生名利只为百姓梦圆。谁说流水无意，岁月无痕，谁说落花无情，往事如烟，请听山的诉说，请听海的呼唤，政声人去后（啊）丰碑在人间。在人间，在人间，丰碑在人间，在人间。"

【在歌曲中闪回】水库红旗飞舞，你追我赶，热火朝天的情景。一条条穿山而过的水渠，从大坝下面蜿蜒而去。

【在歌曲中闪回】东山玉带似的海堤，在大海的波涛中屹立。

【在歌曲中闪回】谷文昌访贫问苦、工地打石头的情景。

【在歌曲中闪回】东山县"敌伪家属"改"兵灾家属"，德政实施后东山村民喜悦的情景。

【在歌曲中闪回】大坝抢险谷文昌举着喇叭高喊的情景。

【在歌曲中闪回】东山海滩沙丘雨中植树的奇观情景。

【在歌曲中闪回】蓝天白云相映，群山松竹摇曳，大海波涛汹涌，田间稻浪起伏。

六十

【旁白】谷文昌同志因病离开了他热爱的人民和热爱的土地，东山人民将他接回了东山，集资修建了他的雕像，以缅怀他为这一方水土和生灵所做的一切……

（音乐声中）镜头中推出雕像，夫人、战友、阿婆、干部、学生等祭拜的场景。一条横幅上写着醒目的大字："先祭谷公，后祭祖宗。"人们献的鲜花、供品等摆放在雕像前。镜头从雕像的脸部推向远处的防护林和大海深处。

全剧终

二〇〇五年三月二十日第一稿

二〇〇五年五月八日第二稿

二〇〇五年六月十五日第三稿

二〇一六年七月修校订于上海

且行且思

——创作电影文学剧本《真情永远》过程中所思所想

王 跃

我国县制的历史是很久远的。县起源于春秋，推广于战国，定制于秦始皇。县作为一级行政组织和管理组织已有2700多年的历史。县既是县域经济和社会发展的管理决策指挥机关，又是落实国家大政方针的执行机关，起着承上启下联结城乡、沟通条块的重要枢纽作用，是党和国家领导农村工作的前沿指挥部，包括了党、政、军、文、农、工、商、教各个方面，真可谓是"麻雀虽小，五脏俱全"，城市之尾，农村之头。我国幅员辽阔，人口众多，从南到北，从东到西，各地的经济基础差异很大，经济发展，社会进程很不平衡。马克思主义活的灵魂，就是具体情况具体分析具体对待，不能千篇一律，也不能照抄照搬，一定要坚持从实际出

电影文学剧本　　　　　真情永远

发，因地制宜，分类实施。只有坚持马克思主义一切从实际出发，正确地认识和分析本地的优势和不足，结合本县的发展战略，选择符合本县特点的发展道路，客观地选择符合自己特点的产品，充分发挥自身优势，才能加速本地经济的发展。新中国成立以来，广大的县级党员干部牢记党的宗旨，勤政为民，县域经济的进步与社会发展取得举世瞩目的成就，优秀县委书记谷文昌、焦裕禄等就是他们当中杰出的代表。电影文学剧本《真情永远》就是以"永远活在人民心中的县委书记谷文昌"先进感人事迹创作撰写的。该剧取名《真情永远》，意指主人公对党、对人民始终怀有朴素感情；对他工作战斗过的地方的眷恋之情；群众对他的怀念之情；生前同事、家人的同事情、手足情、夫妻情。同时也意指党和人民的血肉之情。

　　该剧主要选取谷文昌在"文化大革命"期间下放宁化劳动时和受命出任隆陂水库总指挥的几个典型事例展开。主人公在特定的历史背景下，身处逆境，但始终忠诚于党的事业，牢记党的宗旨和"两个务必"的要求，紧紧依靠党组织和广大群众，心系民生，怀着对革命老区人民赤诚的情感，认真干事，并把事干好，认真地履行了一名普通共产党员应尽的职责。同时，在剧中以闪回的手法，重新再现了他和东山县委一班人执政为民，实施德政，封沙造林，造福一方生灵的感人事迹。剧中也从不同视角展演了当地的风土民情。为了突出剧中主题，该剧除主人公夫妇、张仁和外，其他人物一律使用化名，故事发生地东山县、宁化县为实名，一虚一实。这样做一是电影表演形式的需要，二是浓缩了不同人物的情怀，以新的形象和活力展示在观众面前，使人物表演更加丰富和生活化。另外，剧中不设反面人物，对特定的历史条件下的大事件能不涉及的就不涉及，对那个年代的特殊性只是通过人物的对白来触及。

为创作好和摄制好电影《真情永远》，时任全国党建研究会会长的张全景同志（以下简称张老）先后邀请上海电影制片厂著名演员何麟（时任上海电影制片厂党委委员、上海演员剧团团长），原中国文联副主席李准，著名作家王朝柱，著名作家李硕儒，时任中共福建省委组织部、宣传部主要负责同志，中组部电教中心主任张金豹等专家学者座谈，详细介绍了人民心中好县委书记谷文昌的先进事迹，认真研讨创作剧本和拍摄的具体技术问题，并就摄制经费等问题作了统筹。该片当时设想《真情永远》以上海电影制片厂为主创班底，联合福建电影厂共同在东山、宁化等地实景拍摄。拟请总政话剧团著名演员刘劲同志饰演谷文昌，著名演员王馥荔饰演谷夫人英萍，著名演员何麟饰演县委书记高双

电影文学剧本　　真情永远

祥，著名演员丁嘉元饰演总工程师林忠诚。拟特邀著名表演艺术家牛犇和秦怡饰演老支书和夫人。专家学者一致认为此题材影视剧什么时候拍摄都不会过时，大家共同努力，把《真情永远》拍成精品。

在研讨基础上，我与何麟、朱海文同志先后两次赴福建东山、宁化两县去生活，我们冒着高温，怀着敬仰的心情出发，采访过程充满兴奋、辛苦和紧张。东山、宁化两地的领导和百姓，谷文昌同志的亲属，他生前的同事，漳州市委组织部都给予了鼎力支持，从不同侧面介绍主人公作为一名普通共产党员生前勤政为民、一心为党的感人故事，对家人、对人民、对同志的赤诚真情，以及身处逆境的特殊年代仍对党的信念不动摇，使我们对主人公高尚精神的内涵有了更深的感受。特别是当地百姓山歌手在水库边、田间、地头唱山歌，令人感动。听了东山"寡妇村"90多岁老阿婆讲述当年因国民党军队抓壮丁，而家破人亡，夫离子散的凄惨场景，令人唏嘘不已，不禁潸然泪下。80多岁的老女民兵讲述当年参加东山保卫战，奋勇向前，保护伤员的故事令人钦佩，不由得肃然起敬。宁化石壁镇的干部群众在客家祠堂前详细讲解当地风俗民情令人留下深刻美好的记忆。谷文昌家人谈起主人公生前生活中清贫俭朴，工作中勤勤恳恳，对家人的关怀无微不至，不知不觉间勾起了大家对他无限的思念。我们还怀着无比敬仰的心情，参观和祭拜了东山保卫战烈士纪念碑、谷文昌雕像和东山县谷文昌纪念馆。

由于对主人公精神内涵的了解远不及张老和谷文昌同志的家人、同事，再加上水平有限，在创作中遇到的困难是可想而知的。可有一点始终支撑、激励着我的创作过程，那就是我对张老、对主人公始终怀有对父辈般的情感（我父亲也曾是一名县委书记，长年工作在县里，他兢兢业业为党工作的情景就在眼前。无论我在生活、工作中遇到什么挫折，父亲一直激励着我）。还有在20世纪80年代末，张老在中央党校高级干部研修班时，我去看望他，谈起党的基层组织的建设时，他给我讲了"安泰不能离开大地"的故事，并嘱咐我将他的学习总结打印成册的情景，一切就像昨天发生的事情。其实，从那时起，张老就居安思危，认真思索着新形势下党的建设有关问题，现回想起来，历历在目。张老作为党建理论研究的泰斗，对党的忠诚，对人民深厚的情感，非片言所能觊缕。正是张老和剧中主人公这样父辈般的一种情怀支撑着我克服困难，即使是在突发性耳聋时也未辍笔。我利用业余时间，倾尽全力，写完该剧，像一名学生一样，怀着忐忑不安的心情，交上"作业"，奢望能够"及格"。这里特别要感谢张老在耄耋之年，在京外休养期间为《真情永远》正式出版亲笔撰写前言。

在电影文学剧本《真情永远》出版之际，我要衷心感谢著名作家王朝柱为该剧创作提出重要指导意见。衷心感谢福建天泽房地产开发集团王华明、浙江华城实业投资集团有限公司张祥林、深圳市惠高洁智能清洁科技有限公司谢火县、上海青木装潢制品有限公司谢南平、中国电子科技集团第三研究所郑典勇和徐俊湖等一众朋友，他们在知道此事后都说："顶顶好事。"在写作此剧和《二十四节气》（抗日战争期间的故事）《南粤情》（周恩来在广东新会的七天六夜）等作品时，他们无私地给予大力支持，提供了前期创作经费，并对我的生活上给予无微不至的关怀。在我生病时，新婚的王秀丽夫妇帮我打印、整理完第三稿。于此种种，我将永远感恩。

该剧引用中组部电教中心主任张金豹作词、著名作曲家印青作曲，中组部电教中心拍摄的六集专题片主题歌《梦圆》，这首主题歌是由著名歌唱家彭丽媛不计报酬演唱的。在2005年央视春节联欢晚会上，著名歌唱家彭丽媛曾满怀深情地演唱此曲，打动了亿万观众的心弦。

总之，在《真情永远》创作中汇聚了大家的心血，我在此一并致谢。

感谢中国人民公安出版社闫继忠书记、周佩荣副总编、杨益平编辑，为本书出版所付出的心血。

谨以此剧本出版献给在县级辛勤工作的广大党员干部、群众和纪念党的十九大胜利召开。

由于本人才疏学浅，剧中定有不妥和错讹之处，请各位老师、读者、观众指正。

2016 年 12 月于福州

真 情 永 远　　　　电影文学剧本

图1：原中共中央组织部部长、时任全国党建研究会会长的张全景，向时任上海电影集团党委委员兼演员剧团团长、国家一级演员何麟（左一）和作者（右一）详细介绍"永远活在人民心中的县委书记谷文昌"的感人事迹，并对创作电影文学剧本《真情永远》提出具体指导意见。

电影文学剧本　　　真 情 永 远

图2：原中共中央组织部部长、时任全国党建研究会会长的张全景邀请部分专家学者研讨电影文学剧本《真情永远》的创作和拍摄等问题时与参会的专家学者合影。（左起）作者，原中国文联副主席李准，张全景，著名作家、编剧王朝柱，原中国青年出版社现代文学编辑室主任李硕儒，中国电子科技集团公司第三研究所高级工程师郑典勇。

真情永远　　　电影文学剧本

图3：作者与时任上海电影集团党委委员兼演员剧团团长、国家一级演员何麟在采访过程中与福建宁化县县委和谷文昌生前工作过的同事合影于客家宾馆。

电影文学剧本　　　　　　　真 情 永 远

图4：作者在采访的过程中与福建宁化县县委和石壁镇的同志们在隆陂水库的合影。

剧作者简介

王跃，山东武城人，退休干部，曾长期在国家科研单位、中央政法机关等部门工作。一个偶然的因素让作者自20世纪90年代中期以来，先后参加了电视连续剧《人生有情》《林海雪原》《天地真情》《真情永远》《寻路》《太行山上》等影视剧的创作工作。用他自己的话说，现正处于向前辈请教；向文学艺术界朋友们求教之中，期望能进一步得到他们的指教，以利提高。